氏家京太郎、奔る

中山七里

Nakayama Shichiri

双葉社

氏家京太郎、奔る ＊ 目次

装幀　高柳雅人
装画　西川真以子

一　隠された死体

1

「ねえ、何だかおたくのアパート、ちょっと臭うんだけど」

　隣宅の桑田絹子《くわたきぬこ》はいかにも耐えられないという顔で言い放つ。羽田《はだ》は申し訳なさそうな顔をこしらえてみせるが、心中ではああまたかと思うだけだ。

「色々と忙しいだろうけど、入居者に直接言うのもアレだし。ここは羽田さんを通すのがスジだと思うのよ」

　彼女が苦情を申し立てるのは近隣住民として正当な権利であり、大家の羽田は耳を傾けざるを得ない。

「分かりました。早急に善処します」

　羽田が自宅の敷地内に〈すめらぎハイツ〉を建てたのは今から二十年も前になる。折角の土地を有効活用しないかという仲介業者の誘いに乗ったかたちで、安定した家賃収入を得ることができた。ただし一方で家主としての責任も生じ、入居者が起こすトラブルの対処に常々頭を悩ませている。今までも夜中の騒音や分別しないゴミ出しなどで苦情を聞かされてきた。

悪臭の原因は、おそらくゴミの分別に端を発している。分別に慣れない者や面倒臭がりが室内にゴミを溜め込んでいるのだ。臭いの元も大方の見当はついている。

二階中央、２０２号室。

桑田夫人に頭を下げた後、羽田は件の部屋に向かった。

四カ月ほど前から九十九《つくも》とかいう男が入居している。賃貸契約は全て仲介業者が代行しており、羽田もまだ本人の顔を拝んだことはない。家賃の滞納がないので部屋を訪ねることもないが、先月共用部分の掃除で部屋の前を通り過ぎた際にぷんと異臭がしたのだ。

仲介業者の話によれば九十九は一人暮らしらしい。男やもめに蛆が湧くの諺通り、目いっぱい部屋を散らかしているに違いない。入居者のプライベートに立ち入るような真似はしたくないが近隣住民とのトラブルは避けるべきだし、汚れた部屋はゴキブリやネズミを呼び寄せる。入居者の健康に関わる問題になりかねず、そもそも賃貸物件の価値が下がる。

２０２号室に近づくにつれ、桑田夫人のクレームが至極真っ当であることに気づいた。

何という悪臭だろう。悪臭というよりは刺激臭で、深く吸ったら嘔吐しそうになる。羽田は思わず鼻から下を片手で覆った。

今は七月後半、梅雨が終わって間もない頃だから一番モノが腐りやすい。少量の生ゴミでも猛烈な臭気を放つ。これは注意どころの話ではない。即刻ゴミを片づけてもらわなければならない。

「ごめんください、九十九さん。ご在宅ですか。大家の羽田です」

ドアを三回ノックして声を掛けたが応答がない。

「九十九さん」

ドアノブに手を掛けると思いがけなく右に回った。鍵は掛かっていない。

「開けますよ、ちょっとお話が」

言葉は最後まで続かなかった。

ほんのわずか開いた隙間から濃縮された臭気が放出する。それだけでもおぞましいが、臭気とともにもわっと溢れ出た黒煙に羽田は一歩退いた。

いや、違う。

一瞬黒煙に見えたのはハエの大群だった。

「ひゅっ」

無意識に息を吸い込んだので慌てて鼻と口を覆った。

ハエの一群が飛び去るのを見届けると、急に怒りが湧いてきた。不潔にするにも程がある。いったい賃貸物件を何だと心得ているのか。

ドアの隙間から背丈ほどの高さに積み重なったゴミ袋が溢れる。予想以上だ。部屋にゴミ袋を敷き詰めるどころか集積場代わりにしている。この分では全てのゴミ袋を撤去するのに何時間を要することやら。

「ちょっと、九十九さん」

抗議口調で呼んでみるが、やはり返事はない。鼻腔に侵入する刺激臭と纏わりつくハエを片手で払い、もう片方の手でゴミ袋を払い除けながら進む。

「九十九さん、返事してくださいよ」

たかが六畳一間がひどく遠い。掻き分けても掻き分けても上からゴミ袋が雪崩れ落ちてくるので、なかなか前に進めない。

だがどれほど大量のゴミに溢れていようとも、そこに人が居住しているのなら動線が存在する。果たしてゴミ袋とゴミ袋の間に、人が辛うじて通れるほどの隙間があった。

その隙間から異物が目に飛び込んできた。

万年床の上に転がっている、褐色の物体。スウェットを着ているので元は人の姿をしていたのだろうが、既にその面影は微塵もない。ほぼ白骨化しており、残存している皮膚や組織は褐色に変わっている。全身が小刻みに震えているので手の込んだオモチャかと思ったが違った。

死体に巣食った無数の蛆虫が一斉に蠢いているのだ。

「ひい」

羽田はゴミ袋の上にへたり込んだ。

＊

七月二十八日、午前十一時三十二分。アパートの一室で死体が発見されたとの通報を受け荒川《あらかわ》署強行犯係、次いで警視庁刑事部捜査一課の鈴谷《すずたに》は河瀬《かわせ》とともに現場に急行した。現場は東日暮里《ひがしにっぽり》の古い住宅地で、未だに木造住宅が軒を並べている。下町風情を残すと言えば聞こえはいいが、実際は開発に取り残されているだけの話だ。

件のアパートもその例に洩れない。二階建てコンクリート造りではあるものの築二十年を超え、外壁はすっかり退色している。

既に機捜（機動捜査隊）と鑑識の面々が到着していた。だがいつもとは様子が違う。

「どうやら現場はゴミ袋の集積場と化していたみたいですね」

河瀬の説明を聞くまでもない。鑑識係が数人がかりで現場と思しき部屋から両手にゴミ袋を抱えて運び出している。搬出したゴミ袋は敷地の隅に集められているが、今の時点で優に二十は超えている。

「全部運び終えるまでは検視も鑑識もままならないな」

鈴谷は額の汗を拭いながら言う。梅雨が明けたばかりで、このところ都内は夏日が続いている。空調の止まった部屋で死体を放置していればどれほどの悪臭になるか、鈴谷たちにも凡《およ》その見当はつく。

「マスクを二重にしなけりゃ臨場できないかもしれんな」

やがて作業が可能になる程度までゴミ袋が運び出され、鑑識係と検視官が部屋の中に入っていった。鈴谷と河瀬が臨場したのはそれから更に三十分後だ。

現場は想像以上の惨状だった。ゴミ袋をあらかた撤去したために床全体が露になっているが、死体から流れ出た体液が半径一メートルに亘って広がる。死体にも体液にも蛆とハエが集《たか》り、異臭で目が痛くなるほどだった。

マスク二枚では足りないと後悔した。

死体は白骨状態に近いが、残存している組織が強烈な死臭を放ち続けている。とうに頭皮が頭蓋から剝離し黒ずんだ布団の上に落ちている。

唐突に胸から嘔吐感がせり上がってきた。鑑識係たちがいる前で無様な姿は見せられないので、じっと我慢する。

「見ての通りだ」

作業を終えたばかりの田所《たどころ》検視官がマスクをしたまま話し始める。

「ほとんど白骨化しているから外傷についての詳細は不明。ただし後頭部が陥没しており、脳挫傷が直接の死因と思われる」

「他殺ですか」

「部屋を見渡しても頭蓋骨を陥没させるような家具や備品は見当たらない」

「死亡推定時刻、分かりますか」

「検視官に向かって、分かりますかとは失礼な言い草だな」

田所検視官は不敵に笑ってみせる。

「死体がこんなざまでは直腸内の温度を測ることも胃の内容物を調べることもできない。ただし教えてくれる協力者がいる。蛆虫だ。彼らの成長ぶりで大体の経過日数くらいは分かる」

鈴谷はちらりと蛆虫を見る。栄養豊富なのだろうか丸々と太っている。

「死後ふた月といったところだな。幅を狭めるには分析が必要になるが、死亡推定時刻まで特定するには困難が予想される」

死亡推定時刻の特定が困難となれば容疑者が浮上してもアリバイを問えなくなる。初動段階で難題を突き付けられ、鈴谷は暗澹たる気持ちになる。

「被害者の身元、特定できました」

鑑識係の一人がナイロン袋を片手に近づいてきた。中身は運転免許証と健康保険証だ。

氏名九十九孝輔《こうすけ》、昭和五十九年十一月八日生。

住所　東京都荒川区東日暮里四丁目十一－十五。

免許証に写っているのは、社交性がなさそうな暗い表情の男だった。免許証以上に有用なのは健康保険証で、診療記録があれば死体から採取したＤＮＡ型を照合できる。

「被害者の特定はともかくとして、死亡推定時刻や凶器の不詳は痛いですね」

「それを班長に言うなよ。証拠が不足しているなら足で稼げと絶対にどやされる」

実際、犯行時間が特定できないのであれば、地取りと鑑取りを徹底して捜査範囲を狭めるしかない。

次に鈴谷たちはアパートの大家である羽田の自宅を訪ねた。

「２０２号室の九十九さんは問題の少ない入居者でした」

羽田はまだ顔色が冴えなかった。無理もないと思う。普段から死体を見慣れている鈴谷すら嘔吐しそうになったのだ。一般人の羽田が具合を悪くするのも当然だった。

「ウチのアパートには色んな入居者がいまして、過去には夜中に友人と騒いだり、曜日を守らずにゴミ出しをしたりとか問題を起こす人もいたんです。九十九さんは四カ月前に入居したばかりでしたけど何のトラブルもなかったので、わたしにすればいい入居者さんでした」

そのうちふた月は死んでいたから騒ごうにも騒げなかったはずだと、鈴谷は意地の悪いことを考える。

「普段からお話とかされていたのですか」

「いや、生活時間帯が違うせいか挨拶もしませんでしたね」

「生活時間帯が違うというのは、どうして分かるのですか」

「日中は姿を見ませんからね。生活するには食料品や生活必需品を買わなきゃいけませんけど、日中に姿を見ないのなら深夜に買い出しに行っているとしか考えられないじゃないですか。202号室には宅配があった様子もなかったですしね」

「九十九さんを訪ねてくる人はいましたか」

「さあ。今も言った通り、わたしたちが寝静まった時間帯に活動していたようなので客を部屋に上げていたかどうかは知る由もありません。日中に九十九さんを訪ねてきたという人も記憶にありません」

ないない尽くしという訳か。大家がこの調子では先が思いやられる。鈴谷は河瀬と顔を見合わせて短く嘆息する。

次に二人は同じアパートの住人にも同様の質問を試みた。〈すめらぎハイツ〉は十部屋から成り、この時間に在宅していたのは隣201号室の青年と、二階端204号室の老人だけだった。

ふた部屋とも犯行現場からさほど離れていないため、何か有益な情報が得られないかと期待していた。だが蓋を開けてみれば、二人とも羽田と大差ない証言に終始したのだ。

「えっ、隣に住んでいる人、死んでたんですか。道理でここしばらく物音がしないと思った。以前は真夜中にドアを開け閉めする音が聞こえていたんですけど。臭いですか。あー、そう言われたらここ数週間は異臭がしましたねえ。うーん、生ゴミが腐ったのとは少し違うな。ちょっと他に喩《たと》えるものがない臭いですよ。住んでいる人を見たかって？　いやー、見たことないですね。俺、夜勤シフトが多いものだから、家にいる時は大抵寝てるんで。人の出入りも見たことないっスねえ。え、そんなに臭い、ひどかったですか。このアパート、築年数の割には建て付けがしっかりしていて隙間風とか吹かないいんですよ。待てよ。そんな建て付けのアパートであんな臭いがするなら、臭いの元はとんでもない悪臭だってことですよね。うわ。早くクリーニングしてくれないかな」

「ほお、202号室の人はとっくに死んでいたんですか。三十五歳ですって。まだ若いのに可哀想に。わたしは地下鉄清掃の仕事をしていまして、週に三日は深夜に帰宅するんですが、ついぞ202号室の人と鉢合わせしたことはありませんね。この三月に新しい入居者が来たのは知っていたんですけど。きっとわたしとは生活の時間帯が違っていたんでしょうね。臭いや音ですか。確かにその部屋の前を通ると臭ったかもしれませんが、自分の部屋に入ってしまえばそこまで気になりませんでした。このアパート、割に気密性が高いんですよ。しかし同じ並びで住人が死んでいたというのは、ぞっとする話ですねえ。だって独り暮らしだったんでしょ。だったら、わたしも同じように死んで、同じように気づかれない可能性があるってことじゃないですか」

後日、鈴谷と河瀬は他の部屋の住人にも訊き込みをするが、いずれもこれ以上の情報を得ることはできなかった。

健康保険証からは九十九がこの二月に健康診断を受けていた事実が判明した。その際に採血したデータが医療機関に残っており、死体から採取した血液のそれと一致したため、死体は九十九本人であると特定された。

死体搬送の翌日、法医学教室から上がってきた解剖報告書は解剖医の困惑ぶりを如実に示すものだった。所見に『頭蓋後頭部の亀裂は鈍器で殴打されたものと思われる』との記述が目立つだけで空欄が多かった。また残存する体液や組織からは毒物その他不審な成分は検出されなかった。

メスの入る部分が少なかった司法解剖に対し、鑑識は分析する試料が桁外れに多かった。何しろ30ℓ容量のゴミ袋が二百五十四袋、それ以外にもコンビニエンスストアのレジ袋が大小百五十六袋、他には発泡スチロール製の容器、本人の尿が入った2ℓのペットボトルが七十二本、成人雑誌二十四冊、ゲーム雑誌十二冊、アダルトグッズ二点が押収されている。

「全ての分析を終えるには鑑識課総出でも何週間かかることか」

鑑識係の一人はそう言って慨嘆した。

賃貸契約書に残っていた情報から、九十九の勤務先が判明した。〈株式会社レッドノーズ〉、ゲームソフトで名をはせており、ヒット商品のいくつかは鈴谷も知っている。

河瀬とともに本社に赴くと、総務課長が応対に出た。

「九十九くんなら今年の三月に退職していますよ」

予想していたことなので鈴谷も別段驚きはしなかった。死後ふた月も経過していながら勤務先がそれを放置しておくはずもない。自宅アパートで死体となって発見された経緯を告げられると、総務課長は驚いた後でひどく残念がった。

「彼が辞めた時には多くの社員が惜しいと思ったものです。ゲームソフトの世界では天才と謳われた人間の一人でしたから」

「九十九さんをよくご存じの方に話を伺いたいのですが」

「それなら彼が元いた開発部の者が適任でしょう」

応接室で待たされること五分、姿を現したのは御笠徹二《みかさてつじ》という男だった。

「九十九が死んだというのは本当ですか」

御笠は部屋に飛び込んでくるなり、挨拶も何もかもすっ飛ばして訊いてきた。よほどの驚き方で、演技だとすればアカデミー賞ものだと思った。

ふた月前に死んでいた事実を聞かされると、御笠は備え付けのソファに座り込んで肩を落とした。

「そんな。あの歳で孤独死なんて」

「御笠さんとは同じ開発部だったんですよね」

「同僚ですよ。入社した時から開発一本やりで、ウチの『グランド・バーサーカー』や『蒼久の騎士』は九十九の作品でした」

「『蒼久の騎士』はわたしもプレイしました。へえ、あれが九十九さんの。年甲斐もなく二徹した憶えがあります」

「天才でした」

御笠はどこか悔しげに言う。

「基本、プログラム自体は教えられれば誰でもできます。しかしオンラインゲームにしろスマホ向けゲームにしろ、重要なのは発想と作家性です。この二つを兼ね備えた人間はなかなかいない。他社がゲームのシナリオを既存の作家さんに依頼するのは、そうした理由からです。でも九十九は既存の作家さんに一歩も退けを取らないストーリーテラーでした」

御笠が悔しげな顔をする理由は嫉妬だったか。

「だから九十九が辞めると聞いた時には、てっきり他社にヘッドハンティングされたものとばかり思っていたんです」

「再就職はしていないようですね。聞いた限りでは一日中部屋に閉じ籠っていたみたいです」

「以前の住まいは借り上げ社宅でしたからね。退職と同時に退去したんです。てっきりタワマンの一室に移り住んだと思っていましたけど」

御笠にあの部屋の惨状を見せたらどんな反応を示すだろうと思った。憐れむか、それとも別の顔をするのか。

「社内に九十九さんを恨んだり憎んだりする者はいましたか」

「それはどういう意味ですか」

矢庭に御笠は色をなした。

「他意はありません。事故と事件の両面から捜査しているので、通り一遍の質問をしているだけです」

「九十九を恨んでいる人間はいないでしょうね。あいつのせいで出世が遅れたなんて文句を言うヤツはウチにはいないし、そもそも社交性皆無の男でしたから。憎む憎まれるという関係性が築かれる以前の問題ですよ」

「部内でも孤立していたのですか」

「多かれ少なかれクリエイターというのは孤立しがちなものです。かく言うわたしもその一人ですからね」

御笠の物言いにはいくぶん尊大な響きが混じっている。鈴谷は引っ掛かりを覚えるが、ゲームのプログラマーというのは得てしてそういうものかもしれない。

「九十九さんにご家族はいらしたんですか」

「ずいぶん前にご両親が離婚して離れ離れになったと聞いたことがあります。本人も詳しくは話しませんし、根掘り葉掘り訊き出そうとも思いませんでした」

「でも、あなたとはよく話したのではありませんか」

「孤立しがちな人間同士が顔を合わせていても饒舌にはならないでしょう。どちらがヒット商品を生み出すか、言わばライバル関係でもありました。喧嘩はしないまでも、つるむようなこともなかったですよ」

鈴谷は御笠の表情を観察する。嘘を吐いているか、いないか。同じ開発者同士なら敵対心もあったはずだ。そして敵対心は往々にして憎悪に転化する。

だが御笠の顔に作為の影はない。もっと執拗に訊き出してもいいが、今はまだ材料不足だ。隣に座る河瀬に目配せするが、同様の感触らしく小さく首を横に振る。

「いったい、九十九さんが辞めた理由は何だったんですか」

「分かりません。退職願にも一身上の都合としか書いてなかったそうです」

今日の訊き込みはここまでかと思った瞬間、御笠が立て続けに派手なくしゃみをした。

「失礼。年中花粉症気味でして」

御笠はポケットティッシュで鼻をかむと、丸めて片隅のゴミ箱に放り投げる。かなりの距離があるのに一発で入った。

「お見事」

「一日に何度もかんでますからね。慣れです。もう、仕事に戻ってもいいですか」

「ご協力、感謝します」

御笠が部屋を出ていったのを確認すると、鈴谷はゴミ箱の中から使用済みのティッシュを取り出し、ナイロン袋の中に収めた。

特に御笠を疑っている訳ではなく、半ば無意識の行動だった。

「鈴谷さん、それ」

「念のためだ」

鈴谷は何食わぬ顔で応接室から退出する。


結局、地取りも鑑取りも大きな収穫は得られないまま、翌日の捜査が終わった。一方、鑑識の分析作業は進み、ゴミを種類別に分別し、九十九以外の残留物を懸命に探しているらしい。

自分のデスクに落ち着いた河瀬が不意に話し掛けてきた。

「それにしても九十九はどうやって生活費を捻出していたんですかね。仕事もしていなかったのに」

「三月に会社を辞めた時点で少なくない額の退職金が支給されている」

人事部から給料の振込先を聴取した別働隊は、件の預金口座から入出金の履歴を入手していた。

「支給されるなり、残高目いっぱい引き出している。金額にして六百五十二万三千四百五十二円」

「結構な大金じゃないですか」

「しかし部屋に現金は一銭たりとも置いてなかった。およそ二カ月間で使い果たすには大き過ぎる金額だ」

「それじゃあ」

「もちろん、物盗りの線はある。死体発見時、鍵は開いていたからな。しかし多額の現金を家に置いていたとしたら鍵を掛けなかったことが解せない」

「それだけ金銭的余裕があるなら毎日コンビニ弁当で済ませるというのも変ですね」

「いや、そっちは本人の性格で説明がつく。ゲームオタクはジャンクフードさえ食っていれば満足ってヤツがいるからな。再就職が決まるまでは節約したい気持ちがあったのかもしれない」

「さっさと再就職すればよかったのに。ヒット商品を生み出すような天才プログラマーなら引く手あまたでしょうに」

「天才の気持ちは、俺には理解できん」

鈴谷は突っぱねるようにしか答えられない。河瀬の疑問は至極当然だが、いつでも雇ってもらえる自信があったから生活費が尽きるまで遊んでいたのではないか。現に部屋には何冊もの雑誌が散乱していたが、就職に関するものはただの一冊も見当たらなかった。

玄関ドアがピッキングされた可能性についても鑑識に預けたままだ。仮に合鍵か何かでドアが破られていれば強盗の線が濃厚になってくる。九十九が小金持ちである情報を入手した何者かが押し入り、本人を殴殺した上で現金を奪取したという筋書きだ。

別働隊はアパート近辺の防犯カメラを追っているが、いずれにしても現場に被害者のもの以外の残留物がなければ捜査は進まない。

「待つ身は辛いですね」

河瀬が軽口を叩いたその時だった。

鑑識係の一人が刑事部屋に飛び込んできた。

「鈴谷さんっ」

「どうしたんですか、そんなに泡を食って」

「この使用済みのティッシュ、どこで手に入れたんですか」

見れば彼の手には件の丸めたティッシュを収めたナイロン袋が提げられている。署に帰着して、すぐ鑑識に分析を依頼していたのだ。

「関係者のオフィスだが」

「一致しました。一致したんですよ」

彼の声は喜びに上擦っていた。

「現場から、被害者以外の体液が発見されました。どうやら鼻をかんだらしいティッシュなんですが、それに付着していた体液と鈴谷さんが持ち込んだティッシュに付着していた体液が一致したんです」

「何だって」

鈴谷は思わず腰を浮かしかけた。

訊き込みの際、御笠は九十九がアパートに越したことを知らないと言外に証言した。だが現場に彼の体液が残存している限り、その証言は虚偽でしかない。

鈴谷は河瀬と顔を見合わせた。

「班長に報告だ。任意で御笠を引っ張る」

2

「皆さん、お待たせしました」

ラボから氏家《うじいえ》が姿を現すと、研究室で待機していた数人の男女が一斉に立ち上がった。集まっていたのは野党民生党の鴨志田《かもしだ》議員率いる〈諫言の会〉のメンバーたちだ。

鴨志田たちが依頼してきたのは名簿の「黒塗り剝がし」だった。

話は数週間前に遡る。与党国民党の大物佐分利《さぶり》議員が都内のホテルで政治資金パーティーを開催したのだが、雑誌〈週刊春潮〉によって参加者のうち数十名がパーティー券に二百万円以上を払ったことを暴露されたのだ。

政治資金規正法では年間五万円超の献金は氏名などを収支報告書に記載する義務が生じるが、パーティーの場合は支払った会費が一回二十万円以下であれば購入者を記載する必要がない。事業の対価として収入を得るという点で献金とは区別されているためだ。ところが佐分利議員は「今回のパーティーで二十万円以上の購入者は十人だけ」と公表していたため、報道された内容と大きな乖離が生じてしまう。

当然のごとく野党が色めき立ち、遂に〈諫言の会〉グループが参加者名簿を入手したまではよかったが、その名簿自体が問題だった。何と参加者全ての名前が黒塗りになっていたのだ。

「どうだったでしょうか、所長さん」

氏家が話すのを待ちきれず、鴨志田が慌しく切り出す。

「折角入手したというのに、参加者名簿が電子データではなく紙媒体だったとは。従来のPDFファイルならウチの秘書でも外せるんですが、モノホンの黒塗りとなると手も足も出ません」

昨今、内閣府関連の文書はウェブサイトでの公開を前提としているため、基本的にはPDFファイルが使われている。そして文書中に個人情報の関係で秘匿したい部分がある場合は「Microsoft Office Word」で作成された文書データの黒塗りしたい箇所を「蛍光ペン」や「図形」機能で黒色に塗り潰し、加工後の「Microsoft Office Word」ファイルを公開用データ・フォーマットのPDFファイルに変換するのが通例となっている。しかし塗り潰したつもりの情報はAdobe Acrobatの標準機能を使って簡単に見ることができるのだ。

ところが紙媒体の文書で黒塗りをされてはどうしようもない。アナログな媒体であるがゆえの扱いにくさと言える。

「ご覧いただいたように、二十万円超の購入者は全員が氏名を明記されています。だがこれら参加者はいずれにしても収支報告書に記載されるので、あまり意味はありません」

「しかし議員。明記された二十万円超の購入者は二十一名。既に佐分利議員が公表した人数と乖離しています。それでは不十分なのですか」

「人数の差異くらいは『記憶違いだった』のひと言でうやむやになってしまいますよ。我々が知りたいのは、その他の参加者が誰であったのかという点です」

「ああ、なるほど」

氏家は皆まで聞かぬうちに理解する。

「あなた方は一人一人の購入金額も虚偽ではないかと疑っておられるのですね」

「あの佐分利先生のパーティーに出席して二十万円ぽっきりというのは、どうにも納得しがたい。もっとえげつない集金があったに決まっている」

「参加者全員から証言を集めるつもりですか」

「いささか気の遠くなるような作業ですが、国民党の金権政治を糾弾するには避けられない仕事です」

鴨志田が鼻の穴を膨らませるのを見て、氏家は少し気の毒に思った。己が正しいと思ったことを微塵も疑わず、敵対する相手を糾弾する術しか考えない。下野した民生党の悪癖と揶揄される所以だが、どうやら党の性癖であったものが議員全般に浸透しているきらいがある。

「失礼ですが、この参加者名簿の入手ルートをお聞かせいただけませんか」

「それが今回の依頼と何か関係がありますか」

「入手ルート如何によっては、分析結果の解釈が大きく変わってきます」

鴨志田は他の議員と顔を見合わせた後、こちらに向き直った。

「ウチの幹事長は以前、国民党の最大派閥に属していた。その頃の付き合いで、今も与党の某氏とは個人的にパイプが繋がっていると聞いた」

なるほど、そういう事情か。

「それで所長さん。結局、黒塗りは剝がせたのか、剝がせなかったのか」

「提供していただいた文書は市販のE社製プリンターから出力されたもので、インクもメーカー純正の製品が使用されています。その成分表がこちらです」

氏家は鴨志田たちにファイルの一枚目を差し出す。

化学名	含有量（ｗｔ％）
・水	＜80
・有機成分	10―15
・グリセロール類	10―15
・色材	5
・トリエチレングリコールモノブチルエーテル	1―5
・トリエタノールアミン	1―5

「そして黒塗りに使用されたインクはやはり同社製品のインクで、こちらは有機成分が5―10ｗｔ％、トリエタノールアミンが1以下となっています。成分量が異なりますが、見た目には全く同様の黒です。同じ成分なので、下手に溶剤を使えば元の文字まで消えてしまいます。そこで光音響判別システムを利用することにしました」

「何ですか、その光音響というのは」

「光を対象物に当てた際、熱によって対象物が膨張して音を発します。この現象を光音響と言います。この音は非常に微弱で、見た目は同一である対象物でも成分が異なれば別の音を発します。

仕組みとしては対象物をガラス上に固定し片側から弱い紫外線レーザー光を照射、反対側から高精度マイクで拾う訳ですね」

氏家は身振りを加えて説明する。相手が理解しているかどうかを確認しながらの説明なので、自ずと丁寧な口調になる。

「今回、問題の参加者名簿は紙なので振動しやすく、音を拾いやすいという利点がありました。レーザー光を当てて発せられたのは数デシベルの微弱音でしたが、これを数十デシベルに増幅して分析しました。その結果がこちらです」

氏家が別のファイルを掲げると、期せずして鴨志田たちから一斉に驚嘆の声が上がる。

参加者名簿の黒塗り部分は完全に消え失せ、隠されていた氏名が全て明らかになっていた。

「素晴らしい」

鴨志田はひったくるようにファイルを手に取ると、すぐに名簿に目を落とし始めた。他の議員たちも彼の肩越しに覗き込んでいる。

ここからの説明が最も重要なのだが、果たして彼らは聞く耳を持っているだろうか。

「実は分析をする過程で、もう一つ興味深い事実が判明しました」

鴨志田はついと顔を上げる。

「興味深い事実、ですか」

「今説明した通り、黒塗りにはE社製のインクが用いられていた訳ですが、一部は別のインクが使用されていました。こちらはトリエチレングリコールモノブチルエーテルが1以下、有機成分は16wt%となっています。照合した結果C社製のインクでした」

「それは、どういうことですか」

「氏名の黒塗りには二種類のインクが使用された。同一人物が別々のインクを使用するメリットはあまり思いつきません。考えられるのは別々の人間が異なるインクで氏名を黒塗りしたという可能性です。因みに氏名の後には両者を分別する意味で『E』と『C』の記号を付け加えています。議員に注目いただきたいのは『C』を付された参加者です。その方々の名前はご記憶にありませんか」

目と指で名前を確認しだした鴨志田は、俄に狼狽え始める。

「加山慎太《かやましんた》、南田丙午《みなみだへいご》、多々羅正一《たたらしょういち》、木根多智子《きねたちこ》、轡田日名子《くつわだひなこ》、長谷寛治《はせかんじ》……これ、みんな〈日労連〉の幹部連中じゃないか」

悲鳴にも似た鴨志田の声に他の議員が目を剝く。無理もない。〈日労連〉つまり日本労働者総合連盟こそ民生党最大の支持母体に他ならないからだ。

「どうして彼らが佐分利先生のパーティーに参加しているんだ」

半ば憤った口調なのは、鴨志田自身が真相に気づいているからに相違ない。

下野してからというもの民生党の支持率は低下する一方で選挙にも負け続けている。いくら文援団体とは言え、これだけ見る影もなくなれば全幅の信頼を置けなくなる。彼らが政権与党に色目を使うのは当然であり、この場合のダブルスタンダードは労働者の権利を護る組織としてむしろ健全ですらある。

だが当の民生党にすれば裏切り行為以外の何物でもなく、鴨志田たちが憤慨するのもまた無理のない話だった。

「おそらくこういうことではないかと思うのですが」

再開した氏家の説明に鴨志田たちが顔を上げる。

「参加者名簿にE社製インクで黒塗りをしたのは文書作成元の関係者でしょう。参加者に要らぬ迷惑をかけたくないでしょうから氏名を隠そうとしたのは当然です。しかしあなた方の要求を呑んだかたちには違いないので、意趣返しの意味で〈日労連〉からの参加者だけは黒塗りをしなかった。〈日労連〉メンバーの黒塗りをしたのは、別の立場の人物でしょうね」

「……まさか、ウチの幹事長が〈日労連〉メンバーの参加を隠そうとしたっていうのか」

「やっとの思いで入手した名簿に身内の名前があれば党の士気に関わりますからね。実際に黒塗りを指示したのが幹事長さんかどうかはともかく、十中八九民生党さん側の人物だと思いますよ」

「証拠はない」

「ええ。だからわたしの当てずっぽうです。ただしいくつか確認する方法があります。一つは民生党さんの事務所にどこのメーカーのインクが納入されているかです。C社製インクであったのなら可能性は更に高くなります。お望みなら、その名簿に使用されたC社製インクと民生党さんに納入されたインクを比較対照させていただいてもよろしいですよ。無論、鑑定料金は別途頂戴いたしますが」

「あーあ」

それまでのやり取りを研究室の隅で眺めていた橘奈《たちばな》翔子《しょうこ》は、すごすごと退出していく鴨志田たちの背中を見て呆れたような声を上げる。

「所長、本っ当に正直なんだから」

「ありがとう」

「褒めてません。少しくらいオブラートに包んでくださいと言ってるんです。あの議員さんたちが本部に戻って揉めたらどうするつもりですか」

「依頼されたのは黒塗り剥がしであって、相手の結束を図ることじゃない。彼らが揉めようが一致団結しようが関係ないじゃないか」

「所長は分析に傾倒し過ぎなんです」

氏家が依頼人の気持ちよりも分析に優先順位を置いているのは翔子の指摘通りだ。自覚しているものの、依頼人の心情に寄り添った分析とは何かと考えても結論は出ない。現状は分析一本やりの氏家に翔子のような部下がいてくれるので、ちょうどいい塩梅なのかもしれない。

氏家京太郎《きょうたろう》が警視庁科捜研を退官して〈氏家鑑定センター〉を設立した際、最初に心掛けたのは各分野のオーソリティーたちを集めることで、人間関係の機微については全く考慮しなかった。今にして思えば経営者として偏重のきらいは否めない。橘奈翔子はDNA鑑定を得意としていたので即刻採用した、まさかバランサーとして役立ってくれるとは想像もしなかった。これは思ってもみない配剤だったかもしれない。

しばらく感情面の配慮は翔子に任せた方がいいだろうと思う。実際、こうした役割分担は氏家にとって心地よくストレスも生じないからだ。

「それにしても所長」

翔子はまだ言い足りなさそうだった。

「さっきの鑑定依頼、報酬が少な過ぎやしませんか」

「黒塗り剝がしで税別十五万円なら妥当な価格でしょう」

「その作業のために稼働させた光音響判別機は、いったいいくらしたと思っているんですか」

光音響判別機は昨年の暮れに導入した。最新鋭の機材で、まだ日本には数台しかないという触れ込みだったので相当奮発した覚えがある。氏家の実家が太くなければ購入を躊躇していたところだ。

「わたしも科捜研にいたから知ってますけど、もうここの設備は官庁のレベルを大きく超えています」

「光栄だな」

「それなら、もっと多額の報酬が見込める依頼を集めてください。収支バランスは大切です」

「橘奈くんさえよければ、経理も兼任してくれないかな」

「わたしも鑑定で猫の手も借りたいくらいなんです。経理関係をしっかりしたいのなら、ちゃんと税理士を雇ってください。あと営業職も」

「はいはい」

翔子を適当にあしらったものの、営業云々の話は胸に引っ掛かった。今まで待ちの商売で飛び込んできた依頼をこなすだけだったが、今後はこちらから営業に回るのも一手かもしれない。翔子の指摘通り収支バランスの改善は経営の重要課題だ。だが本音を言えば、氏家個人の知的好奇心を満たしてくれる案件を求めているのも確かだった。

鑑定を必要とする揉め事は大抵ニュースで報じられる。

氏家がネットニュースを閲覧しようと思い立ったのは、そうしたきっかけからだった。家庭内殺人、高校生の自殺、繁華街の通り魔。ぼんやり眺めていても、数多の事件が世に溢れている。

ふと気になる見出しに目が止まった。

『人気ゲーム〈蒼久の騎士〉の作者死亡。容疑者は元同僚』

ゲームのタイトルは氏家も知っている。遊んだことはないが、知り合いの勤めるメーカーのヒット商品なので憶えていた。

『二十八日、荒川区東日暮里で九十九孝輔さん（三五）の遺体が発見された。遺体は死後数カ月経過しており、外傷が認められた。警視庁は元同僚である御笠徹二容疑者を任意で取り調べ、同日に逮捕した。亡くなった九十九さんは〈株式会社レッドノーズ〉に在籍中、〈グランド・バーサーカー〉や〈蒼久の騎士〉など人気ゲームの開発を手がけた』

氏家の目は釘付けになっていた。

そんな馬鹿な。何かの間違いではないのか。

だが勤務先と名前は無情にも一致している。到底信じられない内容だが、起きていることは現実だ。

御笠徹二は氏家の親友だった。

3

捜査本部の置かれた荒川署に確認すると、御笠はまだ同署の留置場に勾留されていた。氏家から外出する旨を告げられると、翔子は意外そうな顔をした。

「荒川署から試料を預かるんですか」

「試料じゃなく、逮捕された人間に面会してきます」

容疑者という言葉は敢えて使わなかったが、翔子は気にも留めないようだ。

「珍しいですね。所長が容疑者に会いにいくなんて」

翔子が首を傾げるのも無理はない。普段の氏家といえば、もっぱら試料ばかりを相手にしており、生身の人間は対象外だった。

荒川署に駆けつけると、早速留置管理課の場所を教えてもらう。

留置管理課に到着すると所定の申込書に必要事項を記入する。

「身分証明書の提示と申込書への押印をお願いします」

留置係の警察官は無表情で押印箇所を指で差す。横柄な態度だと思ったが、面会前に揉め事を起こしても仕方がない。

いよいよ面会となるが面会室には録音機、携帯電話、パソコンなどの電子機器や煙草を持ち込むことができないので所持品の確認を求められる。これで入室手続きは終了だ。

「面会時間は十五分以内にしてください」

面会室に通され安っぽいパイプ椅子に座って待っていると、程なくして御笠が姿を現した。

「よお」

御笠は懐かしそうにこちらを見た。お互いに忙しく、電話では何度か話したものの顔を合わせたのは数年ぶりだった。

「こんな場所で会う羽目になるとはな。面目ない」

言葉こそ穏やかだが、御笠は真っ青な顔をしている。

「事情を説明してくれないか」

「説明してほしいのはこっちだ」

御笠が語り出した逮捕までの経緯は、聞く側にも唐突な印象を与えた。以前の同僚が自宅で死体となって発見され、身に覚えがないのにいきなり任意出頭させられた。出頭すると口蓋に綿棒を突っ込まれ、被害者宅に残存していた体液と一致したと言われた。

「それまで被害者宅には一度も足を踏み入れていなかったのか」

「一度もない。第一、九十九は退職直前に転居の手続きを進めていたらしいが、そんなことは全然知らなかった。お互いの家を行き来するような間柄でもなかった」

被害者宅には一度も足を踏み入れたことがない。そう断言した後で、体液の一致を知らされたという次第だ。御笠の体液が採取された時点で偽証をしたと受け取られたのだろう。

「体液というのは具体的に何だ」

「はっきりとは教えてくれなかったが、唾液のＤＮＡ型と一致したと言われた。九十九の住まいはゴミ屋敷と化していたが、そこで採取された体液との話だ」

明示しなかったのは、今後の取り調べで御笠に揺さぶりをかけるつもりだからだろう。体液の内容は秘密の暴露に関わっている可能性がある。

「その九十九という元同僚と利害関係があったのか」

「ない」

御笠は言下に否定する。

「九十九とは金銭的なトラブルも感情面の諍いもなかった。九十九孝輔という男がどんなゲームを開発したか知っているか」

「新聞に紹介されていた。タイトルだけなら俺でも知っている」

「ゲームクリエイターとしては十年に一人の天才だった。俺にそんな突出した才能はないから、凡才が天才に向ける程度の嫉妬や憧れはあった。でも、それだけだ。そんなものが人殺しの動機になるなら、クリエイターの世界は毎日殺人事件が起きるぞ」

「大きな声を出すなよ」

氏家は離れた場所に立つ留置係を一瞥する。この距離で二人の会話が聞こえないはずがない。動機が濃厚か希薄なのかは立場次第だ。捜査本部が御笠を容疑者と特定すれば、本人が当然のように捉える嫉妬心も有力な動機として扱われる。

「被害者の家に入ったことがないというのは確かなんだな」

「家がどこにあるかも知らないのに訪ねていけるはずがない」

「ずっと犯行は否認し続けているな」

「当たり前だ。殺《や》ってもいないものを認めてたまるか」

「弁護士はどうした」

「上司が会社の顧問弁護士に依頼してくれた。美能《みのう》とかいったな」

「連絡先は分かるか」

「名刺をもらった」

御笠は名刺を取り出し、こちらに翳《かざ》してみせる。面会室で文書のやり取りは禁止されているので、弁護士の連絡先は記載されているものを暗記するしかない。

東京弁護士会　弁護士　美能忠通《ただみち》　電話〇三―〇〇〇〇―〇〇〇〇。

「選任届、だったか。弁護士が持ってきた用紙に署名押印した」

「分かった」

「鑑定の専門家としてどう思う」

「どうもこうも、現場から採取された体液を分析しなきゃ何も言えない。ただ、科捜研や鑑識だって完璧じゃない。分析作業に人間が介在する限り、誤謬《ごびゅう》の生じる素地がある」

御笠は氏家を正面から見据えた。

「科学捜査の結果と俺の証言と、どちらを信じる」

氏家は返事に窮する。

お前を信じる、と口にすれば軋轢はないだろうが、氏家の信条に反する。今まで人間の言葉よりも物証の分析結果を信用してきた。だからこそ民間の鑑定センターを立ち上げたという経緯がある。

人は嘘を吐くが、分析結果は嘘を吐かない。誤った結果が出た時は、試料を扱う者の人為的ミスが原因であることがほとんどだ。慎重に扱えばブツは必ず真実を語ってくれる。信用できるから、自信をもって依頼人に資料を提供できる。

御笠は親友だ。だが付き合いが長いとか性格を知悉《ちしつ》しているとかの理由は、物証よりも信用できる根拠にはなり得ない。

進退窮まった体の氏家を見ていた御笠は、やがて脱力するように息を吐いた。

「もういい。お前が他人の言葉を鵜呑みにしないヤツなのはとうに承知している」

「だが、力にはなれる。もし警察の捜査が杜撰だったのなら、いくらでも分析結果を引っ繰り返してやる」

「頼む」

御笠は頭を深々と下げた。付き合いは長いが、この男がこうまで低頭する姿は初めて見た。

「すぐ美能弁護士と合流する。弁護士から具体的なアドバイスはあったのか」

「知らぬ存ぜぬを貫け。貫く自信がないのなら黙秘権を行使しろだとさ」

氏家は考え込む。美能弁護士の指示は妥当だが、問題は御笠が連日続く取り調べをやり過ごせるかどうかだ。

法律上、逮捕後の身柄拘束は四十八時間以内に限られ、それ以上の身柄拘束を行うときは検察庁に事件を送致する手続きを取らなければならない。だが取り調べの結果、検察官が身柄拘束を継続する必要があると判断した場合、裁判所に二十四時間以内に勾留請求をし、認められれば起訴か不起訴が決定するまで更に十日間から二十日間の延長が可能となる。つまり被疑者は最長で二十三日間も拘束される勘定になる。

御笠は理性的な男だが、時折感情が爆発する局面も皆無ではない。二十三日間も取り調べを受け続けて自制心が保てるかどうかは保証できない。刑事の詰問や誘導尋問に心を折られ、裁判に不利な供述をしないとも限らない。その前に、御笠に有利な証拠物件を提出する必要がある。

「何か差し入れしてほしいものはあるか」

「そうだな」

御笠は疲れたように笑ってみせる。笑えるうちはまだ大丈夫なので、氏家は少し安心する。

「最近ゲーム雑誌ばかりチェックしていたから、たまには肩の凝るような硬い本を読みたい。どうせ時間はたっぷりあるみたいだから」

「西田幾多郎《にしだきたろう》はどうだ」

「『善の研究』か。懐かしいな。硬いかどうかはともかく時間は潰せそうだ」

話を続けようとした時、留置係が割って入った。

「そろそろ終わってください」

御笠はゆっくりと立ち上がる。片手を上げて別れを告げる姿がひどく心細げに見えた。

荒川署を出た氏家は早速日弁連のサイトで美能弁護士の名前を検索する。弁護士のプロフィールはすぐ表示された。記憶力には自信があるが、それでも公式の情報を確認する癖をつけている。

美能弁護士の事務所は虎ノ門《とらのもん》にあった。

アポイントを取るため事前に連絡すると、折よく面談の時間が空いているという。センターの方も差し迫った仕事がないので、氏家は美能弁護士の事務所を訪れることにした。

付近に東京地裁が控えているという立地条件から虎ノ門周辺は弁護士事務所の密集地だ。多くの事務所が見栄えのいいビルのテナントになっており、美能弁護士事務所もその例外ではなかった。

一階にフランチャイズのコーヒーショップを構えた全面ガラス張りの高層ビル。美能弁護士事務所はその十五階にある。

事務所の中は整然と片づけられており、受付も丁寧だった。

「はじめまして。美能です」

氏家を迎えた美能は応接用のソファに誘う。表面に触れただけで本革製の上等な品物と知れた。

「かねがねお名前は伺っています。弁護士仲間の間でも氏家さんは有名ですよ。生憎、今までわたしが鑑定を依頼する機会はありませんでしたが」

「先生は〈レッドノーズ〉の顧問をされているのでしたね」

「ええ。今回の受任も会社経由です。依頼人の御笠さんには弁護士の知り合いもなく、逮捕も急なことだったので、わたしに白羽の矢が立った訳です」

美能の口ぶりには、わずかに困惑の響きが聞き取れる。

「失礼ながら、先生は顧問契約が多いのでしょうか」

「わたしに限らず、虎ノ門で事務所を開いている弁護士は多くの企業と顧問契約を結んでいます。どことは言いませんが、テナント料だけで年間一億円以上かかるビルもあるんです」

多くの顧問契約を抱えていないと家賃も払えないという訳だ。そして顧問契約が多ければ多いほど、個人の依頼を受ける余裕がなくなってくるのは当然だった。

「あなたが何を気にしているかは想像がつく。刑事事件、しかも殺人事件の容疑者の弁護に不慣れではないかと危惧をしているのではありませんか」

「御笠は友人なのですよ。どうしても取り越し苦労というか、しなくてもいい心配をしてしまいます」

「確かにここ十年、刑事事件の弁護には着手していません。相手をするのも企業法務弁護士や企業内弁護士ばかりでした」

「でも御笠の弁護を引き受けてくださいました」

「〈レッドノーズ〉の社長から依頼されましたから」

言い換えれば、社長から頼まれなければ受任しなかったという意味にも取れる。

たちまち氏家は不安を覚えた。刑事事件に不慣れで、しかも消極的な態度では先が思いやられる。

「逮捕されたきっかけは、現場で採取された体液が御笠のDNA型と一致したからだと聞いています。その体液が何なのかは聞いておられますか」

「いや、警察の担当者とは二、三言葉を交わしただけで事件については概要しか知らされていません。いずれ起訴され、公判前整理手続が始まれば捜査資料が開示されます」

不慣れである事情が手伝ってか、待ちの姿勢が色濃く窺える。起訴されるまで弁護人の出る幕がないのは仕方がないにしても心許なく思ってしまう。

「先生。公判前整理手続を待たずに、警察が分析した結果、および試料を入手できませんか」

「DNAの分析をしたのは科捜研と聞いています」

捜査員が〈レッドノーズ〉で御笠と面会した翌日に、任意出頭の上で逮捕に至っている。現場には無尽蔵とも呼ぶべき物的証拠が残存していたらしい。ＤＮＡ型を分析する作業工程を考えれば異例の早さだが、おそらく鑑識課で簡易鑑定を行った後、科捜研が優先的に分析を試みたものと推測できる。そうでなければ辻褄が合わない。

「現場はゴミ屋敷だったと聞いています。遺体は死後数カ月経過していたと報道されていますが、今の時期に数カ月放置されていれば遺体は腐乱し、大量の体液が流れ出ます。住宅の構造によっては床下まで染み込む事例さえあります」

「あまりぞっとしない話ですな」

「遺体も含め、流出した体液の量は並大抵のものではなく、部屋に溜まったゴミも相当な量でしょう。全てを分析・分類しようとすれば手間もかかります。そういう事情を考慮すると、御笠を容疑者と特定したタイミングが早過ぎる気がします」

氏家は試料が簡易鑑定の後、科捜研に送られた可能性に言及する。美能は感心したように頷いてくれるが、これも氏家にとっては不安材料になってしまう。

「わたしの推論が正しいと仮定すると、鑑識が簡易鑑定した工程が気になります」

「そこに人為的なミスが発生したという解釈ですね」

いつでもミスをするのは人間側だ。

「ＤＮＡ鑑定におけるミスによって冤罪が生まれた例は過去にもあります」

「大方の人間はＤＮＡ鑑定の結果を疑おうとはしませんからね」

「ええ。もちろん鑑定技術は日進月歩で今日のＤＮＡ鑑定は高精度を誇っていますが、だからこそ無謬性の代名詞という言い方もできます」

美能の目が品定めするように氏家を射る。

「御笠さんはあなたに『頼む』と言った。それを氏家さんは鑑定依頼と受け取ったのですね」

「ええ。何か正式な契約書が必要でしたか」

「いえ、契約ごとは口頭で事足りるので何の問題もありません」

美能は居住まいを正す。

「御笠さんがあなたを頼ったのであれば、その効力は当然ながら弁護人であるわたしにも及びます。改めてわたしからもご協力をお願いしたい」

「こちらこそ。では早速ですが、先ほど申し上げたように科捜研が握っている試料の一部を何とかして入手してください。できれば現場に放置されていた大量のゴミも分析したいですね」

「まだ公判前整理手続も開かれていないうちにどれだけ要求が通るかどうか不明だが、交渉してみましょう」

「明日にでも現場を訪ねてみようと思います」

「死体発見現場ですか。しかし目ぼしいものは鑑識が洗いざらい持っていった後でしょう」

「洗いざらいと言っても限度があります。彼らが採取し残したものを徹底的に掻き集めるだけですよ」

一拍の後、おずおずと美能が口を開く。

「わたしも立ち会うべきでしょうか」

言葉とは裏腹に、顔には真っ平ごめんと書いてあった。死体が腐乱し、体液が根太《ねだ》まで染み込んでいるような部屋に喜び勇んで入る人間は多くない。第一、採取作業に不慣れな人間を同行させて邪魔をされたら元も子もない。

「お気持ちだけで充分ですよ。先生には先生のお仕事があるでしょう」

すると美能はほっと安堵したようだった。

センターに戻った氏家は所員を集め、九十九殺害事件について正式に鑑定依頼を受けた旨を告げた。

「明日、被害者の自宅で採取作業を行います。相倉《あいくら》くんと飯沼《いいぬま》くんは手伝ってね」

指名された相倉尚彦《なおひこ》は途端に表情を暗くし、一方の飯沼周司《しゅうじ》はよく事情を呑み込めていないのか微笑んでさえいる。だが次の指示で飯沼も笑いを引っ込めた。

「二人ともレベルCの防護措置を忘れないように」

「え、レベルCですか。だけど被害者宅を捜索するだけですよね」

「それでもレベルCは必要なんだって」

以前、同様のケースで採取経験のある相倉は顰め面を隠そうともしない。

氏家の告げたレベルというのは消防庁発行の〈化学災害又は生物災害時における消防機関が行う活動マニュアル〉で規定されている防護措置の区分だ。

・レベルA　全身化学防護服を着装し、自給式空気呼吸器にて呼吸保護ができる措置である。

・レベルB　化学防護服を着装し、自給式空気呼吸器又は酸素呼吸器にて呼吸保護ができる措置である。
・レベルＣ　化学防護服を着装し、自給式空気呼吸器、酸素呼吸器又は防毒マスクにて呼吸保護ができる措置である。
・レベルＤ　化学剤・生物剤に対して防護する服を着装しておらず、消防活動を実施する必要最低限の措置である。

レベルＣの必須装備は化学防護服（浮遊固体粉塵及びミスト防護用密閉服）、化学物質対応手袋（アウター）、長靴、自給式空気呼吸器、酸素呼吸器又は防毒マスク、そして保安帽となる。かなりの重装備であり、休憩を挟みながらの作業になるケースがもっぱらだ。

「あの、確かレベルＣって放射能汚染区域の除染活動とかですよね。どうしてそんな装備が必要なんスか」

「飯沼くんは、こういうケースをまだ経験していなかったっけ。ただ放置されていただけの人体からでも内部に巣食う常在菌に感染するし、今は一番モノが腐りやすい時期だ。除染活動と同程度に警戒してもし過ぎということはないからね」

飯沼を同行させるのは彼に場数を踏ませる意味もあるが、今回の現場では体力が必要になるからだ。慎重を期するのは当然として必要以上に脅しても仕方がない。

二人の横に立つ翔子は何か言いたそうな顔をしている。

「橘奈さん、つまらなそうな顔をしているね」

「いいえ、別に」

言葉を濁したが、翔子は思ったことがすぐ顔に出る。やはり人選について意見なり疑問なりがあると思われる。

皆が解散した際、氏家は翔子に駆け寄った。

「何かあるんでしょ」

翔子は逡巡する素振りを見せてから口を開く。

「今回の仕事は所長から出向いて引っ張ってきたんですよね」

「営業にも力を入れるようにと苦言を呈していたのは橘奈くんじゃなかったかしら」

「依頼人は弁護士さんですよね」

「うん。でも事前に容疑者とされる人間からも言質を取ってある」

「所長が正式な依頼を受ける前から容疑者に会いに行くなんて、そうそうあることじゃありません。ひょっとしたら容疑者は所長のお知り合いなんですか」

「知り合いだったとしたら、どうなんだい」

「心配です」

翔子は視線を逸らさない。

「所長はとても論理的な思考の人だと思っています」

「それはどうも」

「でも、依頼人が友人・知人だった場合、感情が作業の邪魔をしませんか。わたしは無理です。わたしの家族や友人が依頼人だったら、きっと判断に曇りが生じます。感情が作業の手を止めることがあるかもしれません」

「その点は僕を信用してもらうしかないなあ。試料には友人も鰯の頭もない。いつも、そういう気持ちでラボに入っている。だから顧客から信頼されていると思っている」

「信頼しているのはわたしたちも同じです。でも、こんなケースは初めてなので」

「だったら橘奈さんが僕を監視してくれればいい。僕が少しでも私情に走ったり迷ったりしていると思ったら、遠慮なく頬を張り飛ばしてくれ」

「それは何かの比喩表現ですか」

「比喩じゃないよ。でも、できれば拳骨ではなくて平手がいいだろうね。僕の顔より橘奈さんの手が心配だ」

「分かりました」

納得しきれないという顔をして翔子はラボの中に消えていく。

だが納得できないのは氏家も同様だった。

4

翌日、氏家は相倉・飯沼両名とともに九十九の住んでいたアパートに向かった。社用車のワンボックスカーには三人分の防護装備と各種採取キットを積み込んでいるが、まだまだ積載の余地がある。ただし帰りは採取した試料で満杯になるかもしれなかった。

「今日も暑くなりそうっスね」

車窓から外を眺めた飯沼は恨めしそうに呟く。まだ七時を回ったばかりだというのに、アスフアルトからは盛大に陽炎が立ち上っている。外気温は三十度超え。これで隙間のないタイベックを着込んで防毒マスクを装着すればどうなるかは想像に難くない。

昨日と打って変わり、飯沼は現場に近づくにつれて戦々恐々としている。聞けば、昨夜のうちに、相倉から住人の死後数カ月経過した部屋がどんな状態になるかを教えてもらったらしい。

「部屋にあったゴミの多くは鑑識が持っていってくれたんだよな」

「持っていってくれたとは何だ。持っていきやがっただろ」

ハンドルを握る相倉は自棄気味に返す。

「公判を有利に運べる物的証拠を優先的に取られている。僕たちはあいつらの食べカスを集めるしかないんだ。喜ぶなよ」

「別に喜んでやしないけどさ」

「どうせ愚痴るんなら死後二カ月も経過していることを愚痴れよ。この時期に窓を閉め切っていたんだ。おそらく室温は五十度を超えている。お前が想像しているより悲惨な状況になっていると思うぞ」

「二人とも和気藹々なのはいいけどさ。もうじき現地に到着するから」

やがて三人を乗せたワンボックスカーは東日暮里の住宅街に入っていく。

「所長、あれでしょうか」

相倉の指す方角に二階建ての古びたアパートが見える。番地も同じだから間違いないだろう。ところがアパートの敷地に進入すると先客がいることに気づいた。氏家たちと同様のワンボックスカーが隅に停められている。ドアには〈エンドクリーナー〉なる社名がある。

驚いたのはワンボックスカーの傍らに立つ小柄の男性がタイベックに着替えている最中だったことだ。

「まさか同業者ですか」

飯沼は訝しむが、氏家は別の可能性に思い至った。

「いや、社名からすると違うようだね。ただし商売敵ではあるかもしれない」

氏家はワンボックスカーから降りて、着替え中の男に近づいていく。

「何だい、あんた」

「民間で鑑定センターをしている氏家といいます」

差し出された名刺を見て、男はふんふんと頷く。してみれば鑑定センターの仕事について一定の理解はあるらしい。

「俺は特殊清掃の会社を営んでいる。五百旗頭《いおきべ》ってんだ」

特殊清掃という仕事は氏家も知っている。ゴミ屋敷や死体の発生した部屋、そうした事故物件のハウスクリーニングを専門に請け負う業者だ。近年、孤独死の増加とともに需要が増え、今や成長産業の一角とまで持て囃されるようになった。

「氏家さん、だったか。まさかお目当ては202号室かい」

「ええ、事前に大家さんとは話がついているんですけどね」

「何時開始だよ」

「午前八時です」

「あちゃあ、ウチもだ。ウチは前々から予定を組んでいたけど、そっちはどうなんだい」

「昨夜遅くに連絡したんですけどね」

「あの大家、うっかりしてバッティングさせやがったな」

五百旗頭は大袈裟に頭に手をやる。

「立入禁止のテープが外れたら、一刻も早くハウスクリーニングしてくれって要望だった。テープが外れたのは昨夜遅くだ。それで今朝も早いうちから準備していたんだけどさ」

口調はべらんめえだが豪気な性格らしく、五百旗頭は笑いながら大家を腐す。

「で、何を採取するつもりなんだい」

「警察が残していったもの全てです。毛髪、下足痕、指紋その他。体液が浸潤した建材も洩れなく採取する旨、大家さんには伝えてあります」

「ああ、それもバッティングだ。ウチも代替の建材を用意している」

五百旗頭は自身のワンボックスカーの後部ドアを開く。中には消毒薬と消臭剤の一群に混じって各種建材がずらりと取り揃えてある。

「こちらもほぼ同じものを揃えています」

「だろうなあ。クリーニングにしても鑑定にしても、体液が染みついていたら部分交換するしかないからな」

五百旗頭は相倉と飯沼に視線を向ける。

「そっちは三人かい」

「ええ」

「ワンルームだから三人で充分間に合うけど、三人よりは四人の方が仕事は捗るよな」

五百旗頭が言わんとすることは即座に呑み込めた。

「ゴミと使用不可の建材は当センターで引き取ります」

「撤去を手伝うよ」

「では、わたしたちは消毒を手伝いますよ」

「決まりだ」

五百旗頭は片手を差し出してきた。

「ここは共同作業でいこうや。共通する作業や道具も少なくないからお互い損はない」

氏家としても否やはない。差し出された手を摑んで握った。

「こちらこそよろしくお願いします」

話が纏まれば後は早い。氏家は五百旗頭と採取作業の段取りを協議し、十分後には自分たちも防護服に着替え始めた。思わず五百旗頭と顔を見合わせたのは互いの防護服が同メーカーの製品だったからで、異業種であってもクオリティーを追求すると辿り着く選択は同じになるらしい。

「じゃあ、行こうか」

五百旗頭の合図で、防護装備を整えた氏家たちも動く。大家である羽田の自宅を訪ねると、訪問時間が被ったことにひどく恐縮していた。

羽田から鍵を借り受け、いよいよ現場の２０２号室に向かう。ドアには立入禁止のテープの剝がし跡が残っており、雑な仕事ぶりを露にしている。

「そりゃあ当分は借り手も見つからねえだろうが、他人様の家なんだからもうちっと丁寧に扱ってほしいもんだ」

五百旗頭は陽気に文句を言う。だが警察の杜撰さは氏家にとっての福音だ。彼らの仕事が雑であればあるほど、鑑定センターの得るものは多くなる。

「ご覧よ、廊下」

五百旗頭が指差した箇所に視線を向けると、茶褐色に広がった染みの上に蛆虫が這い回っている。

「何ですか、これは」

「警察が遺体を運び出す際、体液をこぼしていったのさ。後でここも清掃しなきゃならんが、共有部分だから別料金だなあ」

「別料金、払ってくれたらいいですね」

「絶対に払うさ。でなきゃこの部屋はいつまで経っても空き部屋になる」

「こういう物件は借り手がなかなかいないんですか」

「国交省が事故物件についちゃあガイドラインを策定したんだ。賃貸の場合、告知すべき期間は、過去の判例を参考にして概ね三年間。つまり三年間は事故物件であるのを明示しろって話だ」

「確かに借り手は少なくなりそうですね」

「その代わりと言っちゃあ何だけど、ずいぶん家賃相場が下がるんだよ。孤独死で一割、自殺で三割、他殺だと五割落ち。まっ、どちらにしても大家は堪ったもんじゃないけどさ。さあて、入るぜ」

氏家たちが防毒マスクを装着したのを見計らって、五百旗頭はドアを開ける。

瞬間、部屋の中から黒い気体が噴き出した。

だが、すぐに気体ではなくハエの大群だと分かった。後ろにいた飯沼がひいと情けない悲鳴を上げる。

およそ人が住んでいた場所とは思えなかった。

まず、サウナの中に放り込まれたような熱気に包まれるのが防護服越しに分かる。マスクの表面がうっすらと曇りだすので指先で拭う。防護服に備え付けの温度計は49・2℃を示している。

仲間たちが大量に飛び出していっても、まだ中では数えきれないほどのハエが飛び交っている。逃げ出さないのは彼らの可愛い子どもたちが床の上で遊び回っているからかもしれない。フローリングの床には、廊下で見かけたのと同じ茶褐色の染みの上に蛆虫がわらわらと蠢いている。染みは畳一畳分ほどで、その上に米粒を撒き散らしたかのようだ。

染みは人のかたちをしていた。間違いなく九十九はこの位置で死に、腐り果てたのだ。

事前に通告されずとも、室内からは禍々しい気配が襲いくる。不健康で陰湿な空気が蔓延している。

山積されていたというゴミ袋は大方が運び出されていたが、あまりの量に途中で参ったのかまだ十数袋は残っていた。他に見逃してくれたのは部屋の隅に並べられたペットボトルの列だ。黄色い中身は蓋を開けずとも見当がつく。

所長、とまた飯沼が訴えてくる。

「あのペットボトルの中身、ひょっとしたら」

これには五百旗頭が代わって答える。

「見れば分かるじゃねえか。被害者が溜め込んだ小便。ゴミ袋が自分の背丈を超えた辺りからトイレに辿り着けなくなった。それで空いたペットボトルに用を足したんだ。玄関までの動線は確保しているから大の方は外で済ませたんだろうよ。ほれ、アパートの近くに公園があったろ。多分あそこの公衆便所を使っている」

おそらく五百旗頭の予想は当たっている。氏家も同じことを考えていたのだ。

「先に発見したんだから、飯沼くんがペットボトルを運び出してよ」

「俺がですか。でもどうして小便なんて」

「本人以外の排泄物かもしれないでしょ」

「ガタイのいい兄ちゃん、気をつけなよ。小便入りのペットボトルはこの陽気で内部がぱんぱんに膨れている。下手に触ると蓋が飛んで中身が噴き出るぞ」

飯沼は呻き声を上げながらペットボトルとゴミ袋を運び始める。

「相倉くんは毛髪と指紋の採取を頼む」

「了解」

部屋に入ってからまだ十分も経っていないというのに、全身から汗が噴き出しているのが分かる。見れば飯沼がペットボトルを運び去った後、ドアが自動で閉まっている。せめて外気を取り入れようとドアに近づいた時、五百旗頭から待ったが掛かった。

「駄目だよ、ドアを開けちゃ」

「何故ですか。この高温はさすがに酷だと思うのですが」

「部屋に籠った臭いが外に流出したら近所迷惑になる。それだけならいいが大家に苦情が入るから、回り回ってウチにクレームがくる。済まねえが作業中はドアを閉めきりにしてくれ」

言われてみればその通りだ。

「エアコンも同じ理由で動かせない。室外機から臭いが洩れるからな。あんたも鑑定を生業にしているなら、人の死臭がどんな臭いなのかは知っているだろ」

氏家は無言で頷く。

科捜研にいた頃から死体の臭いを嗅ぎ続けてきた。具体的な臭いを描写してくれと言われると困惑する。現場の捜査員たちは「くさやの干物や生ゴミの腐った臭い」、「濃縮されたメタンガス」などと表現するが、氏家はどれも描写不足だと思っている。そもそも近似した臭いが存在しない。死臭はそれほどまでに独特であり、市販されている芳香剤や消臭剤を使っても消臭効果はほとんどないのだ。

「さっきウチのクルマに積んであった消臭剤は〈五百旗頭スペシャル〉といって、別々のメーカーの消臭剤五品を調合した代物だ。あれでなきゃ、とても死臭は消せねえ」

「それはすごい。派手に売り出せばきっと評判になる」

「駄目だよ。どんなに評判がよくても用途が特殊過ぎて売れねえ」

「確かにそうですね」

氏家はゴーグルを装着しＡＬＳ（Alternative Light Sources）で室内を見回す。血痕を感知できる波長にしているので、肉眼では見えない場所に飛沫があるのが分かる。飛沫は横たわった被害者の頭部辺りを中心に飛散していることから、襲撃を受けた際にはあまり身動きをしなかったと推測できる。

「何か見えるかい」

「血痕がずいぶん付着していますね。その上を覆い隠すように体液が流れたので、鑑識も見落としたのでしょう」

「採取するかい」

「床材に深く染み込んでいるようですから、いっそフローリングごと剝がした方が手っ取り早いですね」

「賛成だ。元々、数カ月も体液に浸された素材は完全に消臭するのが難しいから交換することにしてるんだ」

「このフローリングと同じ床材はありますか」

「ちゃんと用意してあるよ」

「さすがですね。それじゃあ早速」

「いや、その前に床材の剝がし方から考えないとな。氏家さん、一度ゴーグルを外してフローリングの隙間を見てごらん」

勧めに従ってゴーグルを外した氏家は思わず叫びそうになる。

フローリングの隙間は汚れを擦り込んだように線が引かれている。

だが違った。

汚れではなかった。

何百個という蛹が隙間いっぱいに並んで一本の線になっているのだ。

「普段なら殺虫剤を撒いてから蛹を全部潰していくんだけど、鑑定する側として不都合はないのかい」

殺虫剤の成分や蛹の体液が試料を浸食すると、分析の邪魔になりかねない。

「できれば、このままの状態で持ち帰りたいですね」

幼虫成虫を問わず、ハエは病原菌の運び屋だ。排除するに越したことはないが、潰さずに払い落とした方が得策だろう。

「分かった。じゃあ作業する前にいったん外に出ようか。そろそろ水分補給しないとよ」

相倉と飯沼に合図をして、全員が部屋から出る。ワンボックスカーの傍らで防護服を脱ぐと、外気温が三十度を超えているにも拘わらず冷気を浴びたような感覚に陥る。

頭の天辺から足の爪先まで滝のような汗が流れていた。クーラーボックスからスポーツドリンクを取り出して一気に呷ると、生き返った気がした。ずいぶん長時間作業をしたつもりでいたが、時間を確認するとわずか十分程度しか経過していない。

「高温高湿の状態で動くと時間の感覚がおかしくなるんだよな」

五百旗頭もミネラルウォーターを呷りながらひと息吐く。

「同業者の中には作業中に熱中症で倒れたヤツが結構いる。自分が特殊清掃される側になるんだから、まさにミイラ取りがミイラになるってもんだ」

「五百旗頭さんはお一人でこの仕事をしているんですか」

「他に従業員が二人いるよ。だけどこの程度なら一人でこなせると思ってさ。とにかく大量のゴミをほとんど警察が持っていってくれたのが幸いさ」

氏家の方は逆にそれが辛い。これだけ汗を掻いて収穫なしでは泣くに泣けない。

「フローリングに使われた床材はこれだよ」

五百旗頭は床材数枚をこちらに渡し、自分は電気ノコギリを取り出す。

「さあてと、第二ラウンドだ」

タイベックの上からでは分からなかったが、五百旗頭は小柄ながら太り肉《じし》で、重そうな電気ノコギリと道具箱を軽々と肩に担いでアパートの階段を上っていく。飯沼は対抗心を燃やしたのか、氏家から床材を奪うとこれも肩に担いで五百旗頭の後を追う。

「何を張り合ってるんだか」

相倉は呆れたように首を横に振った。

全員が室内に戻り、作業が再開する。ゴーグルで血液と体液の付着部分を確認し、その部分の床材をノコギリで切除していく。こうした大工仕事にも慣れているのか、五百旗頭の手の動きには澱みがない。

目当ての床材全てを切除した後は新品の床材を補充するはずだったが、床下を覗き込んだ五百旗頭は唇の端を歪める。

「あー、思った通りだ。体液が根太や大引きまで伝ってやがる」

「それも取り換えますか」

「いや、根太や大引きまで丸ごと取り換えるとなると補修工事になっちまう。建築資格のない俺には手に余る」

五百旗頭は話しながら道具箱からカンナを取り出し、フローリングに腹這いの状態で器用に建材を削り始めた。

「中心までは染みていないから、変色している部分だけ削る。後は添え木で補強してやればいい」

今までにも同様の処理をこなしたらしく、五百旗頭は惑うことなく作業を進める。まるで熟練の仕事を披露されているようで、氏家は惚れ惚れと見入ってしまう。どんな職業にせよ、知識と経験に裏打ちされた技術は見ていて気持ちがいい。

浸潤部分を削り取った後は添え木をして徹底的に消毒する。剝がしたフローリングに同色の床材を充てると、隙間なくぴたりと収まった。

「これで必要なところは全部かい」

「お蔭様で」

「じゃあ室内全部の清掃と消毒に取り掛かるから」

本来は氏家たちの仕事ではなかったが、取り決め通り五百旗頭を手伝い、部屋中を掃除する。天井から床まで隈なく消毒してから芳香剤を撒くと、ようやく玄関と窓を開放できた。

「もう、防護服を脱いでもいいだろ」

五百旗頭の言葉を待っていた相倉と飯沼が真っ先に上半身を脱ぐ。流れ込んでくる風と射し込む陽光で、部屋の印象が百八十度も変わる。洗浄したばかりのフローリングは艶々と光り、空気は清浄そのものだった。

互いのワンボックスカーに戻り、荷物を詰め込むと作業は全て完了した。

「大家には後で俺の方から説明しておく。氏家さんたちには、まだ分析が控えてるんだろ。早く帰りなよ」

「助かりましたよ」

「なあに、お互い様だ。またどこかで会ったらよろしくな」

さっと片手を上げると、五百旗頭は運転席に乗り込み、クラクションを一つ鳴らして去っていく。相倉と飯沼は呆気に取られたように、ワンボックスカーを見送っていた。

「元気なオジサンだこと」

相倉は呆れ半分で感心していた。

「特殊清掃の仕事は聞いたことがあるけど、あんな風にあっけらかんとしているなんて。もっと辛気臭くて陰陰滅滅とした仕事だと思ってた」

「先入観はよくないね」

氏家はそう窘めながら、頭では別のことを考えていた。

人の生き死にに関わっていると、人間は大抵ふた通りに分かれる。死に対して徹底的に信心深くなる者と、徹底的に唯物的になる者だ。

両者は人の死を精神と結び付けるかどうかで真逆の立場にいるように思えるが、実は違う。両者とも死が日常のものであることを知るがゆえに、己との距離を測っているのだ。

相倉と飯沼が五百旗頭の人となりから何かを学んでくれれば、それだけでも今回の出張は意義があると思った。


鑑定センターに戻ると、早速氏家はビニール袋から床材を取り出し、隙間にみっちりと埋まったハエの蛹を一個ずつピンセットで取り除いていく。バケツに集められた蛹を、相倉が丹念に殺虫剤で処理していく。

「飯沼くんはどうしている」

「防毒マスクを装着したまま、ペットボトルからサンプルを採取しています」

「正しいね。中にどんな病原菌が潜んでいるか予断は許されない。慎重にして、し過ぎることはないからね」

「所長、教えてくれますか」

「何を」

「部屋にいる間中、所長は五百旗頭さんといて楽しそうにしていましたよね」

そんな顔をしていたのか。氏家は意表を突かれて少し身構える。

「あれはどうしてだったんですか」

「あまり憶えていないなあ」

「僕の感想を言ってもいいですか」

「構わないよ」

「何て言うか、慣れないキャンパスで初めて同類に出逢った新入生みたいでしたよ」

56

二　隠された動機

1

荒川署に勾留中の御笠が送検されたのは逮捕から二日後、七月三十日のことだった。

美能弁護士から連絡を受けた氏家はスマートフォンに向かって声を荒らげる。

「どうして御笠が送検されるんですか。まさか警察の作文にあいつが署名したんですか」

『員面調書の内容はまだ確認していません。しかし裁判官や裁判員を納得させられる物的証拠があれば、自白なしでも公判を維持できると検察が判断したのかもしれません』

あり得る話だと思った。自白は古くから「証拠の王様」と呼ばれ、自白を記載した調書は有罪に結びつく重要な証拠として扱われてきた。行き過ぎた偏重はやがて物的証拠に対する信用へと揺り戻される。だがそれは、自白がなくとも公判を闘うという風潮に拍車をかけることになる。

『逮捕されてから四十六時間後に送検されています。依頼人もぎりぎりまで頑張ったのだと思います』

労ってやれという口調だが、あっさりと警察の軍門に降《くだ》った御笠を称賛する気にはなれない。いや、御笠ではなくむしろ美能の不甲斐なさを責めるべきだろう。

『明日、朝イチで接見に行きます。よろしければ氏家さんも同行しますか』

一瞬、氏家は逡巡する。面会して力づけてやりたいのは山々だが、自分が慰めてそれがどれほど役に立つのか。

己の慰めで御笠もその場では心安らぐだろうが、とどのつまりは気休めに過ぎない。氏家がしなければならない仕事は別にある。

「折角ですが、分析作業の途中です。御笠には決して諦めたり自棄になったりしないようにとお伝えください」

『氏家さんが直接言ってあげればいいんじゃありませんか』

「慰めるよりも有意義なことを優先します」

電話を切ってから氏家はラボに戻る。九十九宅から持ち帰ったペットボトルの中身については相倉たちに任せ、床材は氏家自らが分析中だった。

御笠の唾液のサンプルは、先日の面会時に留置係を介して入手している。だが現段階で床材からは御笠のＤＮＡ型が検出されていない。いったい警察は部屋のどこから御笠の体液を採取したというのか。

ところでペットボトルの中身はやはり部屋の主の尿だった。尿を検査して判明するのは次の数値だ。

・尿蛋白
・尿糖
・尿潜血
・尿沈渣
・尿比重

通常これらの項目から腎臓病や膀胱・尿管・尿道の炎症、糖尿病などの病気の兆候を調べることができる。問題のサンプルは排泄から時間が経過し成分が変質しているが、それでもいくつか判明した事実がある。

「極めて尿比重が高いですね」

成分分析を担当した相倉は難しい顔をしていた。

「許容範囲である1・005～1・030を大きく超えています。脱水、糖尿病の自覚症状が出ておかしくない数値です」

「高カロリー高タンパクのコンビニ弁当ばかり食べていたら糖尿病にもなるだろうね」

「尿蛋白の数値からも栄養の偏った食事を含め、かなり不規則な生活であったことが窺えます。死因は頭蓋骨陥没による脳挫傷と聞きましたけど、そういう生活を続けていたら殺されなくても脳梗塞か何かで病死していた可能性が大ですよ」

「相倉くんは自炊派だったたっけ」

「……もっぱら外食です」

「他人事じゃないね。気をつけなよ」

「ＡＬＳで探索しても下足痕や体液らしきものはあまり見当たりませんでした。鑑識が根こそぎ採取した後だったからでしょうか」

「床一面にゴミ袋が敷かれていたし、末期には最低限の動線しか覗いていなかったから、体液の飛散したのはごく限られた範囲だったと思う」

「あの採取作業、結構しんどい思いをしたんですけどね」

労多くして実りは少なかった。相倉の口調はそう訴えている。確かに通常の現場よりは苛酷で肉体的に疲労した作業だった。

ただし本当の収穫は採取できたサンプルの量ではなく、経験値だと氏家は考えている。臨場したことのない場所、普段なら接点のない五百旗頭のような専門職との出逢い。狭いラボの中で試験管を睨んでいるだけでは得られない知見を手にできる。

「新しい経験は無駄にならない。しんどい経験なら尚更忘れられなくなる。悪いことじゃないよ」

「でも、これじゃあ依頼内容に応えられませんよ。床材の方はどうですか」

「あまり思わしくない」

虚勢を張っても仕方がないので正直に答える。

「採取された体液のＤＮＡ型は血液と同じ被害者のものだった。死体の近くで採取したものだから少しは期待したんだけどね」

「この先、どうしますか」

「送検されたから近いうちに公判前整理手続がある。証拠調べの請求がされた際、美能先生に交渉してもらい、科捜研が入手したサンプルを入手する」

「すんなりと渡してくれますかね、科捜研が」

たちまち相倉は更に難しげな表情をする。

「ただでさえウチにヘッドハンティングされている上に、前回の事件では人的被害も出しています。評判も踏んだり蹴ったりで以前にも増して敵視されているんですよ」

「へえ。寡聞にして僕は科捜研の関係者から直接の苦情を受けたことがないんだけど」

相倉はしまったというように顔を顰めた。

「……たまに科捜研の連中と呑んだりしますからね。酒の肴に古巣の不平不満を聞かされるんですよ」

分かりやすい嘘だと思った。相倉はあまり社交的な性格ではなく、たとえ元同僚であっても現在敵対関係にある組織の人間とつるむような真似はできない。おそらく翔子に未練がある科捜研の小泉《こいずみ》あたりが彼女を誘っているのだろう。翔子は昔の男に容赦なく、小泉から聞いた話をセンターの同僚たちと共有しているに相違ない。

「科捜研がウチをどう思っていようが、公判前整理手続では裁判官が間に入っているから、弁護人の要請を無下にはしないさ」

「だったらいいんですけど」

完全には納得しない様子で相倉はラボに戻っていく。相倉の不安は手に取るように分かる。氏家自身も検察側が快くサンプルを提供してくれるとは思っていない。

だが、現時点では美能の交渉能力に期待する以外になかった。

＊

御笠が送検された次の週、美能は東京地裁に出向いていた。

公判前整理手続の第一回目、地裁の一室に顔を揃えたのは美能と検察側の槙野春生《まきのはるお》検事、そして三人の裁判官たちだった。顔ぶれは裁判長を務める南条実希範《なんじょうみきのり》判事と右陪審平沼慶子《ひらぬまけいこ》判事、左陪審三反園浩志《みたぞのひろし》判事。

居並ぶ関係者はいずれも場慣れしているように見える。実際、本題に入る前は槙野が南条に親しげに話し掛けている。元より検察側と裁判所側は結びつきが強く、有罪率99・9パーセントの元凶のごとく論《あげつら》う弁護士もいる。

いや、違う。

そもそも美能が刑事裁判から遠のいて久しい。無論、未経験でないにしてもこの十年検察側と対峙することがなかった。加えて公判前整理手続自体は二〇〇五年から導入されたものの、美能自身は二回しか経験していない。

十年も遠ざかっていれば実務上の手続きも変化する。要するに美能は浦島太郎のようなものであり、この場の雰囲気に呑まれているというのが正直なところだった。

「美能先生」

いきなり槙野が声を掛けてきた。

「はじめまして、ですな。槙野です。こういう場ではお会いしていないようですね」

「ここ十年、ほぼ企業間の訴訟を担当していましたので」

「ああ、それは大変そうですねえ」

これほど気持ちの籠らない言葉を聞くのも久しぶりだ。槇野という検事が民事訴訟に明け暮れる弁護士をどう思っているかは、聞くまでもなかった。

三人の裁判官の視線に気づく。何気なく美能と槇野の会話を傍聞《かたえぎ》きしていたようだ。

「そろそろ始めましょうか」

南条の声で皆が私語を慎む。俄にぴんと空気が張り詰めるが、これも美能だけの感覚かもしれない。

「弁護人はもう請求証拠書面を確認しましたか」

「証明予定事実記載書面、逮捕手続書、検視報告書、DNA鑑定報告書、被疑者供述調書、捜査の過程で収集・作成された資料の以上六点ですね。ええ、確認しました」

「弁護側はそれで充分でしょうか」

乙四号証とされる供述調書に目を通す限り、御笠は犯行を否認している。一方で甲七号証をはじめとする物証は客観的に御笠を犯人と思わせるに充分なものだった。

御笠が犯行を否認する以上、弁護人である美能は否認事件として公判を闘わなければならない。

「甲七号証については不同意です」

御笠の無罪を主張するのであれば、検察側の主張に真っ向から反対しなければならない。場の雰囲気が凍りつくかと思ったが、意外にも他の四名は冷静そのものだった。

「弁護側は量刑ではなく認否を争うということでよろしいのですね」

「はい。被告人の無罪を主張します」

「検察側が提出した甲七号証を争点とするのですね」

美能はいったん考え込む。甲七号証は明らかに争点の一つだが、氏家が新証拠を発掘した際にはまた別の争点になる可能性がある。

「現在、民間の鑑定センターに協力を仰いで新証拠の発見を急いでいます。結果次第では別の争点になるかもしれません」

南条は尚も冷めた口調で続ける。

「その新証拠は公判前整理手続の期間中に提出できますか」

「現時点では断言できません。もしかすると公判中の提出になるかもしれません」

「失礼ですが美能先生。念のために伺いますが、公判前整理手続の趣旨をご理解いただいていますか」

美能が長らく刑事弁護から遠ざかっていたのを暗に揶揄するような物言いに聞こえる。

「この制度の下では、争点整理に際して当事者が充分に証拠の開示を受ける必要があります。そうでなければ裁判の迅速化を図るという趣旨が有名無実になってしまいかねませんからね。裁判所としては、公判前整理手続終了後は可能な限り新たな証拠請求を少なくしたい考えです」

慇懃に語っているが、要は余計な仕事を増やすなという警告だ。刑事裁判への苦手意識も手伝い、美能は少なからず疎外感に苛まれる。ただでさえ裁判所と検察の親密ぶりを見せつけられているので、このまま座り続けていれば被害妄想に陥りかねない。

手続きに不慣れであっても、条文や施行令は理解している。公判期日に主張すべきことを予定している場合、内容を記載した予定主張記載書面を提出し、証拠調べ請求を行う（刑事訴訟法316条の17）。裁判所側は当事者の意見を聞いて期限を定めることができる。

条文の上では、裁判所は公平の立場で公判に臨まなくてはならないはずなのに、現実では澱みなく進行させるために弁護側の意思が蔑ろにされているように思う。

「公判までには間に合わせますので、今しばらくの猶予をいただきたいです」

「いいでしょう。ただし早急にお願いします。東京地裁は案件が多く、立て込んでいますので」

話している内容は至極もっともなのだが、いちいち癪に障る。

「では争点が明確になったので、弁護側からの予定主張記載書面提出を待って公判期日を決定したいと思います」

「お待ちください、裁判長」

ここで話を切り上げられては堪らない。氏家から依頼された件もある。一矢報いたい気持ちが背中を押し、美能は南条を正面から見据えた。

「検察側の提出した甲七号証について、現物を開示してほしいのです」

「現物を、ですか」

藪から棒の申し出に、南条は槙野へ視線を送る。

「『弁護人は刑訴法316条の15第1項各号に掲げる類型の証拠（証拠物、検証調書、鑑定書、供述調書、取調べ状況報告書、押収手続き記録書面等が掲げられている）に該当し、特定の検察官請求証拠の証明力を判断するために重要と認められるものについて、検察官に対し開示請求できる』。確かそうでしたよね」

「左様です。しかし捜査資料の中に甲七号証の写真と詳細な分析記録が記載されているじゃないですか」

「再度申し上げます。甲七号証の正当性について審理するのです。弁護側に現物の提出があって然るべきでしょう」

美能の鼻息が荒いと見たのか、平沼と三反園の両判事はいささか呆れたような視線を投げて寄越す。特に冷淡なのが平沼判事のそれで、沸騰していた美能の頭に冷や水をかけてくれた。

「弁護人の要求は正当だと思いますが……検察官はどうですか」

「開示請求されて拒否する理由は一つもありません。検察としても応じざるを得ません」

色よい返事に気を許した次の瞬間、槇野は皮肉な言葉を重ねてきた。

「ただし鑑定を請け負った科捜研にサンプルの余剰分があるかどうか。こちらの誠意はいくらでもお見せしますが、肝心の現物がなければどうしようもありませんしね」

「一度の分析でサンプルを使いきることなんてあるんですか」

「長らく刑事事件から離れておいでで現場の事情をご存じないかもしれませんが、科捜研の分析は正確を期すために複数回行われます。公判開始の時点でサンプルが底をつくのは珍しいことじゃありません。因みに、先生が分析を依頼する民間の鑑定センターというのはどこですか」

「湯島の〈氏家鑑定センター〉です」

槇野はああ、と訳知り顔で頷いてみせる。

「その名を聞けば、科捜研の人間もさぞ協力したくなるでしょうね」

どう好意的に受け取っても、皮肉にしか聞こえなかった。

2

氏家が昼食をちょうど済ませた時、美能がセンターを訪ねてきた。

氏家が挨拶する前に、美能が吐き出すように言った。

「今しがた、第一回目の公判前整理手続を終えてきました」

どこか腹立たしげな口調で、協議が美能の不本意のまま進められたのが分かった。

「自分が歯痒くてならない」

勧められた椅子に座っても尚、美能は苛立ちを隠そうとしない。これほど感情を露にする者が、よく今まで弁護士業を続けてこられたものだと感心する。

「何か不都合がありましたか」

「顧問をしている会社の依頼だからといって、刑事事件に首を突っ込んだこと自体が不都合かな。いや、今のは撤回します。全てはわたしの不徳の致すところです」

出されたお茶をひと口啜ると、美能は胸に溜めていたものを一気に吐き出すように嘆息した。

「検事や裁判官たちと同席して思い出しました。日本の刑事裁判の有罪率は99・9パーセント。公平中立な裁判と謳いながら、検察は有罪間違いなしの案件を起訴するから自ずと有罪率は高くなる。有罪率ほとんど100パーセントなら、自ずと検察側の主張を裁判所が確認するだけになる。検察側と裁判所が蜜月になるのも当然。思い出しましたよ。わたしはそういう空気を嫌って、企業間の訴訟に軸足を移したんです」

美能は、本日の合議で検察側がいかに傲慢であったのかを仔細に語ってみせた。ただし、美能よりも性悪な弁護士と付き合いのある氏家にとってはさほど理不尽な扱いと思えない。悪辣無比との悪名高い件の弁護士など、名前を口にするだけで検察側から蛇蝎《だかつ》のように忌み嫌われている。その反応に比べれば可愛いものだ。

「こちらが場慣れしていないとみるや、まるで司法修習生のような扱いでした。アウェー感が半端じゃなかった」

「向こうの戦法かもしれませんよ。公判前からイニシアティブを取って、裁判を有利に進めようと考えているとしたら」

「終わってから、わたしもそう考えました。だからこそ、その場で思い至らなかった自分が歯痒くてならない」

美能は唇を曲げる。

「企業間の交渉にしろ訴訟にしろ、基本には心理戦があります。それは民事も刑事も同じはずなのに、緊張してすっかり失念してしまっていた。第一ラウンドはこちらの判定負けですよ」

「まだゴングが鳴った訳でもありません」

慰めながら氏家はおやと思った。

「今、判定負けと仰いましたね。つまり、美能先生からのパンチを繰り出したという意味ですか」

「どこまで有効なパンチだったかは判定の分かれるところでしょう。まずはこれを見てください」

美能が風呂敷包みの中から取り出したのは捜査資料の写しだった。鑑識と科捜研が分析した内容が知りたかったので、ちょうどよかった。

「現場で採取したサンプルは膨大な量に上ります。部屋はゴミ屋敷の状態だったらしいから、分析する対象も多かったのでしょう」

氏家は無言で頷く。実際に九十九の部屋に足を踏み入れた人間には説明不要の事実だが、美能に愚痴っても仕方がない。

「膨大なサンプルの中にあって最も重要なのが甲七号証、二つ後のページに載っています」

逸る指でページを繰ると、当該箇所に大写しの写真があった。

丸められたティッシュだった。

「そのティッシュに御笠さんの体液、具体的には鼻水が付着していたようです」

「まさか。犯行現場で鼻をかんだっていうんですか」

「鼻をかんだというより、くしゃみをした直後に鼻を拭いたと思しき状態、と説明されました」

「他に毛髪とか下足痕とかは採取できなかったんですか」

「採取できた毛髪は被害者九十九孝輔のもののみ。足跡については被害者以外のものがあるにはあるが、どうやらスリッパを履いていたらしく、不詳者の体重や身長は推定困難だそうです」

「毛髪が抜け落ちるのも自分の足跡が残るのも警戒している犯人が現場で鼻を拭い、しかもティッシュをほったらかしにしておきますか。矛盾していますよ」

「御笠さんは年中花粉症気味だったそうです。わたしも花粉症なので分かりますが、ひどい時にはくしゃみをしなくても鼻から水のように滴り落ちてくる」

美能は情けなさそうに自分の鼻を指す。

「症状がひどくなると所構わずでしてね。大の大人が鼻水垂らしている図なんて見せられたものじゃないから、ティッシュペーパーはいつもポケットに忍ばせます。もし手持ちのティッシュがなくなれば、その辺に備えつけられたティッシュや、甚だしい時には紙ナプキンを引っ摑んで鼻を拭きます。傍目には見苦しく映るでしょうけど、鼻水垂らした顔を晒すよりはマシですよ」

「それが犯行現場であってもですか」

「極端な話ですが、人間はいつもする行動を無意識のうちにしてしまうことがあります。犯行現場で鼻水が垂れそうになり、手近にティッシュがあれば反射的に使ってしまった可能性が捨てきれません。現に検察側は、御笠さんがうっかり痕跡を残したものと解釈しています」

「そんなに都合のいい状況が」

「発見時、死体の近くには使用途中のティッシュの箱がいくつも置いてありました。それも捜査資料の中に収められています」

「それでも矛盾しているのは否めません」

「一人の人間がいちいち理屈通りに行動するとは限りませんしね。第一、殺人を犯した直後なら気が動顚しているはずだから理屈に合わない行動を取るのはむしろ自然だ。検察側はそう主張しているのですよ。いささか牽強付会の感も拭えませんが、突拍子もない話ではない。公判で甲七号証が提出されれば、おそらく大抵の裁判官と裁判員は納得してしまうでしょうね」

検察の主張は定型的に過ぎるが、だからこそ説得力がある。大抵の犯人はどこか間が抜けていて、どんなに賢くても必ず何か証拠を残す――言い古された言葉、使い古された常識に人々は安心する。

「争点関連証拠開示、刑訴法３１６条の20を主張しました。科捜研が握っているサンプルをこちらにも渡すように要求したんです」

「検察側の反応はどうでしたか」

「『ただし鑑定を請け負った科捜研にサンプルの余剰分があるかどうか。こちらの誠意はいくらでもお見せしますが、肝心の現物がなければどうしようもありませんしね』。検事は嫌味ったらしく言い放ちました」

不意に美能は氏家の顔を覗き込む。

「そう言えば検事に氏家さんの名前を出した途端、科捜研の人間が協力したくなると意味ありげな言葉を残されました。あなたは科捜研からの人望が厚いのですか」

「皮肉以外の何物でもありませんよ」

氏家は科捜研とのいざこざを掻い摘まんで説明する。説明を聞き終えた美能は、無理もないというように溜息を吐く。

「それでは人望どころか不倶戴天の敵じゃないですか」

「向こうが勝手に敵視しているだけなんですがね」

「高給で人材を引っこ抜かれ、おまけに会心の一撃を食らったんでしょう。よく闇討ちされないものです」

美能は天を仰いだ。

「いよいよ科捜研の協力は期待薄になりますね。裁判に私憤を持ち込んでほしくないんだが」

だが恨まれ忌み嫌われながら勝ち続ける弁護士もいる。要は法廷に渦巻く感情論を捻じ伏せるだけの論理を展開できるか否かの問題だ。

「検察側は有罪判決を得るためにサンプルの出し渋りくらいは平気でしますよ。起訴したからには有罪にしなければ検察の沽券に関わると思っていますからね」

「敵が多い」

美能は早くも絶望したような物言いをする。まだ公判が始まってもいないうちにこれでは先が思いやられる。

「サンプルの提供について、検察側の回答はいつですか」

「一両日中ということでした」

回答は明日までということだが、氏家はあまり期待していない。古巣の科捜研はいざ知らず、案件を担当する槇野検事の言動からはまるで好意が感じられない。

検察側の協力が期待できないとなれば別のルートを模索しなければならないが、それもまた容易ならざる道だ。さてどうするかと氏家は黙考し始める。

「所長の前で見苦しい姿を晒してしまいました」

黙考を遮って美能が話し掛けてきた。

「さぞかし不甲斐ない弁護人とお思いでしょうね」

「いえ」

「不甲斐なさが一番身に染みているのはわたしですよ。たった十年のインターバルで、こうまで使い物にならなくなるとは。ただ所長。これでわたしが消沈しているとは思わないでください」

口調が俄に変わった。

「わたしにも意地がある。子どもの使いのように扱われたお返しは法廷でさせてもらいますよ」

美能は意外な太々しさで笑ってみせた。

翌日、地裁を通して槇野から回答があった。内容は氏家が予想した通り、「当該試料は全て分析に使尽《しじん》し、残存しておらず」とのことだった。


あくる日の午後、氏家は単身警視庁を訪ねた。

千代田《ちよだ》区霞《かすみ》が関《せき》二丁目一番一号。科捜研勤めの頃はほぼ毎日通っていた馴染み深い庁舎だが、退官してからというもの一度も門を潜っていない。露骨なまでに建物から感じるよそよそしさは単に古巣という事実だけではなく、自身が忌み嫌われている自覚があるせいだ。

退官の理由は自分が納得できるものだった。己の信念に従った結果であり、誰にも恥じることではない。だが氏家に弓を引かれたと信じる昔馴染みの気持ちは別だ。伝え聞くところによれば、氏家と会ったらその場で簀巻《すま》きにしてやると公言する所員もいるらしい。

一階フロアの受付で身分を告げた後、科捜研の等々力《とどろき》を呼んでもらう。すると受付の女性が一瞬、眉を顰めた。

「等々力というのは等々力管理官のことでしょうか」

「他に等々力という人はいないはずです」

「お約束はございますか」

「はい。鑑定センターの氏家と言ってもらえればすぐに分かるはずです」

氏家を知らない受付で助かった。知っていれば、かなりの確率で門前払いを食らっているだろう。

しばらく電話で向こう側と話していた受付はたちまち困惑の表情になる。当然だろう。初めから面会の約束などしていないのだ。

「あの、等々力は約束した憶えがないと言っているのですが」

「そんなはずはありません。おそらく等々力さんの記憶違いでしょう。是非そう言ってやってください」

受付は氏家に言われた通り相手に伝える。相当ひどい反応だったらしく、受付は再び眉を顰めてみせた。

「お待たせしました。それでは十二階フロアの」

「以前も来たことがあります。どうもありがとう」

受付から〈VISITOR〉と記された一般入庁者用のICカードを受け取り、駅の改札にも似たゲートを通過する。ゲートの両側には警備の者が立ちセキュリティは万全と言いたいところだが、カードに内蔵されたICチップは氏家なら小一時間で作れてしまうような代物だった。

エレベーターで十二階まで上がる。このフロアには生活安全総務課、人事第一課、捜査第一課、生活環境課、保安課などが入っている。鑑識課も同様だ。そして等々力管理官の部屋は生活安全部長や警務部長の部屋と同様、フロアの隅に位置している。

記憶を巡らせば何度かこの部屋の前に立った。一介の所員が管理官の部屋に呼びつけられるのは大抵叱責を食らう時と相場が決まっている。してみれば氏家は問題のある所員だったことになるが、生憎自分にはあまり自覚がない。

「入ります」

返事も確かめないままドアを開けると、等々力が壁を背にして座っていた。

「交わしてもいないアポを理由に、よくもおめおめとやってきたものだな」

「等々力さんだってアポなしでウチにくるじゃないですか」

「俺のは公務だ。一緒にするな」

等々力が顎でソファを指す。氏家は黙って指示に従う。

「相変わらず不景気そうな顔をしていますね」

「お前が相手だからだ」

「それでも面会してくれるのですから有難いですよ」

「会わなければ同じことを繰り返すか、さもなければもっとあくどい手を考えるに決まっている」

さすが元上司だけあって氏家の性格を知悉している。猫を被らなくてもいいので、少なくとも緊張しないで済む。

「用件があるなら早く言え。言ったら、さっさと出ていけ」

「かつての部下ですよ」

「今は部下でも何でもない。それどころか科捜研のメンバーを次々に食い潰す疫病神だ」

食い潰すという物言いは訂正してほしかったが、話が長引けばますます等々力が機嫌を悪くするのは分かりきっている。

「ゲームクリエイターの九十九という男が自宅で殺された事件をご存じですか」

「知っている。ブツが上がったから送検されているはずだ」

「ウチが弁護側の鑑定を請け負いました」

「検察官から聞いた。何でも弁護人は民事ばかりをしている弁護士らしいな」

「与しやすい相手と思っているんですね」

「法廷で対峙するのは科捜研じゃない。苛々させるな。用件を言え」

「捜査資料を拝見しました。検察側が被疑者を逮捕する根拠としたのは甲七号証、即ちティッシュペーパーに付着していた彼の体液でした」

「それがどうした」

「弁護人は独自の分析を試みるべく、担当の槇野検事を介して試料の提供を請求しましたが、検事からの回答は『当該試料は全て分析に使尽し、残存しておらず』でした」

「検事が回答したのなら、実際にそうなんだろう」

「科捜研の仕事に関してはマニュアルを熟知しています。まだ公判が始まってもいないうちに試料を使尽するはずがありません」

「試料が微量だった場合はその限りではない。分析にしても複数回行うんだ。元々が微量なら使い果たしもする」

「しかしティッシュペーパー自体を処分することは有り得ない。マニュアルでは事件が終結するまでは保管することになっているはずです」

「マニュアルはあくまで運用基準だ。保管室がいっぱいになれば実情が優先する」

のらりくらりと逃げる話法も相変わらずだ。

埒が明かない。氏家は立ち上がり、深々と頭を下げた。

「ご協力ください」

等々力に頭を下げたのは、これが初めてではない。しかし部下であった時の頭と、民間の鑑定センター代表者の頭では重みが違うはずだ。

しばらく低頭したままでいると、ようやく等々力が口を開いた。

「何のつもりだ」

「試料をお借りできるのであれば、こんな頭いくらでも下げます」

「頭を上げろ。気味が悪い」

いかにも鬱陶しげな言い方だった。

「科捜研の人間だった時分、滅多に頭を下げなかったヤツが、個人事業主になった途端に媚びへつらうか。見苦しいぞ」

かつての上司に頭を下げるのには抵抗があった。だが御笠の疑いを晴らすためと考えれば安いものだ。

「そもそも担当検事の頭をすっ飛ばして科捜研に直接捻じ込むとは、どういう了見だ。恥を知れ」

「恥を知っているから、こうして頭を下げているんです」

「ただの依頼人じゃないいな」

以前と同様、等々力は勘の良さを発揮した。

「そうか、被疑者はお前の身内だな」

こちらが黙したままでいると、等々力は畳み掛けてきた。

「思い出した。お前は自分のプライドが関わると決して頭を下げようとしなかったが、同僚や部下のミスとなると自分から詫びた。そのお前が懇願するのだから、近しい関係に違いあるまい」

いちいちもっともだが、次第にこちらの頭が冷えてきた。どうやら等々力は氏家に協力する気がなさそうだ。要求が通るのであれば平身低頭どころか土下座をしても構わないのだが、聞き届けてくれなければ意味がない。

「要するに公私混同か。ますます見下げ果てたヤツだ」

「どうあってもご協力いただけませんか」

「くどい。正式なルートで断られたら、それが最終回答だと思え」

等々力の言葉には同情や憐憫の響きは欠片もない。等々力も冷酷なだけの男ではないから、今回はタイミングが悪かったのだろう。

いや、タイミングだけではない。氏家の目算も甘かった。御笠があっさり送検されたことと美能の頼りなさに焦り、我を失っていたのだ。

自分らしくもない。

高級な椅子にふんぞり返ってこちらを見下している等々力の足元を眺めていると、たちまち自分を取り戻した。

「残念です」

「やっと諦めたか」

「諦めるですって。まさか」

頭を上げた瞬間、微かに眩暈のようなものを感じた。やはり等々力のような相手に低頭するのは身体が拒否していたのだろう。

「刑事が捜査を諦めないように、わたしも決して諦めませんよ」

「正攻法も駄目、コネを使っても駄目なんだぞ」

「いささか性急に過ぎたのは反省しています。しかし方法はその二つだけとは限りません」

「他にどんな方法がある」

「探しますよ。わたしも思い出しました。科捜研にいた頃から、新しい切り口を見つけ出すのが趣味でした」

「ふん」

等々力はそれきり何も言わなかった。氏家は妙にさばさばした気分で部屋を出る。

このままセンターに戻るつもりはない。等々力が駄目なら他の関係者に当たるまでだ。時間を確認すると午後二時五分前で、ちょうどいい頃合いだった。

エレベーターホールの陰に身を潜めて待っていると、果たして彼が姿を現した。氏家が在籍中には決まった時間に外で昼食を摂っていた。あの頃の習慣は今も健在らしい。

悪戯心が働き、いきなり彼の眼前に飛び出してやった。

「やあ」

「氏家さん。どうしてこんなところに」

小泉正倫《まさとも》は目を丸くして驚いた。

「ちょっとね。小泉くん、今から昼でしょう。よかったらランチを奢ってあげるよ」

「いや、あの、でも」

「こういう偶然の出会いは大事にしなきゃ」

氏家は小泉の背中に手を回し、半ば強引にエレベーターの中に連れ込む。

「どうせ社員食堂に行く予定だったんでしょ。もう少しいい場所で食べようか」

本部庁舎を出た氏家は日比谷《ひびや》松本楼三階のフレンチレストランに小泉を誘う。もちろん彼をもてなすためだが、警察関係者に二人の会話を聞かせたくない意図がある。

小泉は全面窓から森の風景を見ながら、居心地悪そうに尻の辺りをもぞもぞとさせている。

「落ち着かないみたいだな」

「氏家さん、いつもランチはこういう場所で摂っているんですか」

「まさか。センター周辺の料理店で済ませることがほとんどだよ。今日は本部庁舎に立ち寄ったついで」

「僕を誘ったのもついでですか」

小泉の目は猜疑の色をしている。小心だが勘の働く男だった。

「エレベーターホールで会ったのも偶然じゃないですよね」

「まあね。食べながら話そうか」

「氏家さんの懐が暖かいのは承知していますけど、食い物で買収されるのは嫌です」

「一度胃に収めたものを吐き出せとは言わないよ。僕の性格は知っているでしょ」

「知っているから油断できないんですよ」

まずオードヴルが運ばれてきた。小泉は束の間躊躇する素振りを見せたが、周囲の雰囲気に吞まれたのか、恐る恐るといった体でフォークを握った。

「変に誤魔化したり回り道をしたりするのは君も嫌いだろうから、単刀直入に訊く。荒川区のアパートでゲームクリエイターが殺された事件についてだ。知っているだろ」

「『グランド・バーサーカー』の作者ですよね。知ってますよ。僕もあのゲームは散々遊び倒しましたから」

「現場から採取した中に、被疑者の体液が付着したティッシュペーパーがあったはずだ。付された番号は甲七号証。これも知っているよね」

「知っていたら、どうだと言うんですか」

「〈氏家鑑定センター〉は弁護人からの依頼で証拠物件の鑑定を請け負った。センターとしては是非とも甲七号証を分析したいところだが、担当検事は科捜研が分析に使尽して残りの試料はないと通告してきた。それは真実なのかい」

「担当検事がそう通告してきたのなら本当じゃないんですか」

「僕は君に訊いているのだけど」

小泉の顔には迷惑と書かれていた。

「万が一、試料が残っていたとして、それをどうしろって言うんですか。まさか僕に試料流出の片棒を担げと唆《そそのか》すつもりですか」

警戒心の強さから小泉は語るに落ちた。

本当に試料を使尽してしまったのなら、そう答えれば済む話だ。片棒を担ぐ云々を持ち出したということは、試料が残存しているのを暗黙のうちに認めたようなものだった。

「かつての仲間に盗みを働けなんて持ち掛けるつもりはないよ」

「じゃあ、どうするつもりなんですか」

「取りあえず希望が潰えていないのを確認できただけでも御の字かな」

氏家の答えで己が要らぬことを暴露したと気づいたらしい。小泉はたちまち不安そうにそわそわし始めた。

次にスープが運ばれてきたが、スプーンを持とうとしない。

「ひどい人ですね」

「勝手に自爆しておいて、人のせいにしちゃいけないよ」

「途中ですけど失礼します」

小泉は慌て気味に席を立つ。

「繰り返すようだけど、一度胃に収めたものを吐き出せとは言わないよ。これはただのおもてなしなんだから」

「食べたもの以外を吐き出してしまった気がします」

軽く一礼すると、小泉は逃げるようにしてフロアから出ていった。

彼の優柔不断さは全く変わっていない。氏家を拒否するのなら、最初にのこのこついてきてはならなかった。あるいは最後まで食事に付き合った挙句に舌を出せばよかった。どっちつかずのまま決断を遅らせるから退き際を失う。いつか大きなアクシデントに見舞われなければいいがと、氏家は他人事ながら心配になる。

スープを平らげると、笑顔を張りつけたギャルソンが皿を取りにやってきた。

「お連れの方はどうされましたか。お店を出ていかれたようですが」

「逃げてしまいました」

「手前どもの料理がお気に召さなかったのでしょうか」

「いいえ。胃袋や、その他諸々の消化器官が未発達なのですよ」

3

ランチを済ませた氏家はすぐさま小菅《こすげ》方向に足を向けた。逮捕時、荒川署に勾留されていた御笠は、送検されてから身柄を東京拘置所に移送されていた。

拘置所に到着すると、早速面会の手続きを取る。警察署の留置場も拘置所も面会の様子は似たようなものだ。面会室に通され、担当官の立ち合いの下、アクリル板を挟んで何かを嘆き誰かを恨む。

面会室に現れた御笠は前回会った時よりも、はるかに窶《やつ》れて見えた。

面目ない、というのが彼の第一声だった。

「できる限り抵抗してみたんだが、結局はこのざまだ」

「謝る必要はない。お前がいくら否認しても捜査本部は送検するつもりだった」

「こうなる前は冤罪なんて他人事だったんだがな。我が身のこととなると改めて絶望的な気分になる。送検された当日は落ち込んで一睡もできなかった」

「当日は分析作業で行ってやれなかった」

「美能先生から聞いている。気に病むな。お前が先生に同行してくれたところで糞の役にも立たん。鑑定センターで仕事をしてくれていた方が数十倍有意義だ」

「公判前整理手続が始まった」

「そうらしいな」

「捜査資料のうち公判に提出するものが弁護側にも提示された。うち乙四号証が、お前が取り調べられた際に作成した供述調書だ」

「作成したのは取り調べの担当者だ。俺は文面を読み聞かせられて、最後に署名押印させられただけだ」

「それで本人が供述したことになる」

「冤罪は簡単に作られるんだと身に染みた」

「供述内容は美能先生から聞いた。『九十九が同僚だった頃、次々とヒット作を連発する彼の才能に嫉妬を覚え、時には憎みもした』と供述したらしいな。それは本当か」

「『時には憎みもした』という部分は刑事の作文だ。前にお前に言ったじゃないか。ゲームクリエイターとしては十年に一人の天才だった。俺にそんな突出した才能はないから、凡才が天才に向ける程度の嫉妬や憧れはあった。でも、それだけだって」

「『そんなものが人殺しの動機になるなら、クリエイターの世界は毎日殺人事件が起きるぞ』、だったな。そのことは取り調べで主張したのか」

「したさ。すると取り調べ担当者は更に突っ込んできた。もし九十九が同業他社にヘッドハンティングされたらどんな事態が予想されたかって。あの才能に惚れ込まないゲームメーカーはいない。間違いなく高待遇で招かれ、すぐにでもヒット作を生み出す」

「それで」

「客の財布は限られているから、九十九の新作に皆が群がり、俺の作ったゲームには誰も目を向けなくなるだろう。そう言ったんだよ」

「だから被害者を憎む素地、つまり動機ありと調書に盛り込まれた訳か」

「完全な誘導尋問だった。そもそもゲームクリエイターなら誰しも同じことを考えるはずじゃないか」

「きっとお前の言う通りなんだろうな。九十九孝輔の才能延《ひ》いては存在自体を疎ましく思う同業者は大勢いる」

「ああ。だが、九十九の部屋に体液を残しているのは俺だけって話さ」

つまり警察と検察は同業者であれば誰しもが抱くであろう鬱屈を、たった一つの物的証拠を援用することで個別の動機に仕立てたという訳だ。

「何だ。九十九と俺の才能の違いをもっと事細かに説明してほしいのか」

「いや。彼の才能に関してはゲーム雑誌のバックナンバーで評論家やユーザーの評価を散々読んだから、改めて聞く必要はない。訊きたいのは、お前が才能以外で彼に引け目を感じていたことだよ」

不意に御笠は口を噤んだ。いささか礼を失した質問だが、相手もこちらがどんな覚悟で問い質したかは承知しているはずだ。果たして御笠は顔を顰めてみせたが、怒り出すまでには至らない。

「どうして、そう考える」

「才能の差異についてはお前のみならず関係者ほとんどが認める事実だ。半ば公然としている事実を殺人の動機に特定されて、どうしてお前が唯々諾々と供述調書に署名押印する。考えられる理由は、お前の側に才能以外の引け目があるからだ。違うか」

しばらく御笠はこちらを睨んでいたが、やがて力尽きたように嘆息した。

「嫌なヤツだよ、お前は。友だちの頭の中まで分析しやがる」

「今更言うな」

「そうだな」

束の間、二人の間に沈黙が落ちる。沈黙の時間は御笠が逡巡している時間でもある。だが弁護人とは異なり、一般人である氏家に許された面会時間には限界がある。

「刑務官には聞かれたくない」

御笠は小声で話し始めた。

「お前には以前、話したことがあるよな。俺には付き合っている女性がいる」

「ああ、付き合っているというところまでは聞いた」

「まだ婚約もしていないから、詳しく話そうとは思わなかった。相手は〈レッドノーズ〉代表の一人娘だ」

「代表取締役社長だろ。つまり逆玉ってヤツか」

「そんな大層なものじゃない。確かにウチはそこそこ名が知れたゲームメーカーだが、財務諸表を見たらたちまち腰が砕けるぞ」

「彼女の名前は」

「草薙礼香《くさなぎれいか》。お礼の香りと書く」

「その礼香さんがどうした」

「九十九とは彼女を取り合った恋敵同士だった」

氏家は意外な感に打たれる。昔からゲームにやたら詳しく仲間からオタク呼ばわりされていた御笠が、まさかこの歳になって恋の鞘当てを演じていたとは。

「お前は三角関係より三角関数の方が得意だろう」

アクリル板を隔てて放つようなジョークでないのは承知している。御笠も苦笑を浮かべているので良しとしよう。

「色恋沙汰が似合わないのは自覚している。そもそも恋敵は当代随一のゲームクリエイターで会社の期待を一身に背負った若手のエース。こっちは同じ役職ながら通り一遍のマネージメントしかできない凡庸な中年ディレクターときている。最初から分が悪かった」

「話の途中ですまない。ディレクターというのはゲームメーカーの中で、どういう立ち位置なんだ」

「そう言や、ウチの内部について話したことはあまりなかったな」

御笠は〈レッドノーズ〉のみならず、大抵のゲームメーカーに共通するチーム構成を説明する。

ゲームを製作するにはプログラマー、CGデザイナー、色彩設定師、シナリオライター、作曲家、声優など多岐にわたる分野のクリエイターがチームを組んでプロジェクトを進める。ディレクターの役割はゲームの進捗管理とクオリティー・コントロールだ。全体の把握はもちろん、画や脚本、音楽や声優の演技にまで理解が深くなければ務まらない。

「完全な分業制なんだが、その中でもディレクターってのはそれぞれの分野にも精通してなきゃいけないし、作品のクオリティーを保つ一方で納期も守らなきゃならない。勢い、アーティスティックなスキルと事務処理能力の両方を兼ね備えなきゃいけない」

「相反する二つの才能か」

「それだけじゃない。それぞれの部門にゲームの基本概念を徹底させたり、進捗を管理したりする訳だからコミュニケーション能力も必要とされる。だから最終的にはディレクターの能力がゲームのクオリティーを左右しかねない。ゲームの作者としてディレクターが名指しされるのは、そういう事情による」

「妙だな。九十九孝輔は社交性皆無の人物だったんだろう。今の説明を聞く限り、お前の方がディレクターに向いていると思うんだが」

「各部門の人間とコミュニケーションを取ろうとするなら俺の方が有利さ。しかしプログラマー、CGデザイナー、色彩設定師、シナリオライター、作曲家までをたった一人でこなしてしまえるのならコミュニケーション能力は必要ない」

「……それが、彼がトップクリエイターと称賛された理由か」

「さすがに声優までは無理だったが、それ以外の分野では担当者よりセンスもスキルも上だった。分業にならないから当然その分時間はかかるが、クオリティーは途轍もない。作家性が色濃く出ているが、その作家性ゆえにファンも多かった。作家性と収益を両立できるクリエイターなぞ、そうそういるものじゃない」

〈レッドノーズ〉における お前と彼の立ち位置は大体呑み込めた。しかし結局、礼香さんはお前を選んだんだろう」

「俺を選んだ理由は未だに分からん。改めて訊くのも何だしな。草薙代表にしてみれば、九十九を娘婿に迎え入れれば盤石な体制が構築できる。婿がヒットメーカーなら娘もくいっぱぐれない。どう考えても九十九一択のはずなのにな」

「惚気《のろけ》るなよ」

「多少冷静に分析すると、彼女がアーティスト気質の九十九と合わなかったのかもしれない。ゲーム作りの天才も、コミュニケーション能力という点では三歳児以下だった」

「しかし同僚だろ。選ばれなかった九十九はさぞかし居心地が悪かったんじゃないのか」

「悪かったんだろうな。それが理由かどうか知らないが、彼女に振られた翌月に九十九は会社を辞めた」

「それが彼に対する引け目か。しかし退職は本人が決めたことであって、お前や周囲の人間に追い込まれた結果じゃあるまい」

「違うんだ」

御笠は苦しそうに洩らす。

「辞めてしまったから、九十九がどこで何をしているのか全く分からなくなった。ただ、あいつが同業他社に引っこ抜かれて、ウチの天敵になるのは時間の問題だった」

「それは、そうだな」

「もう一つ。一度くらい振られたからといって、あいつが簡単に彼女を諦めるはずがない。同業他社でもエースになって必ずのし上がってくる。そうなれば凡人揃いの〈レッドノーズ〉の売り上げが落ちるのは必至だ」

「おい、ネガティブ過ぎやしないか」

「ゲーム業界の熾烈さを知っているものなら、普通にそれくらい考える。〈レッドノーズ〉のシェアが下がった時、草薙代表は何を考えると思う。もう一度、九十九を呼び戻したいと考えるはずだ。そのためなら役員待遇にするのも、無理やり娘と結婚させるのも厭わない」

「被害妄想じみてやしないか。いくら何でも娘を人身御供に差し出す親なんていないだろう」

「氏家は鑑定センターの代表を務めているんだよな」

「半分、趣味みたいなものだ」

「それでもスタッフとその家族の生活を支えるという責任感はあるだろ」

「一応、経営者だからな」

「草薙代表はその責任感が人一倍強いんだ。だったら、九十九の扱いが時代錯誤でも何でもないと理解できるだろう」

御笠の頭が徐々に俯き加減になっていく。

「実際、九十九が辞めてからというもの、俺は怖かった。あいつが俺の知らないところで息をし、新作ゲームの構想を練っていると想像すると居ても立ってもも居られなかった」

「その話、誰にも言ってないな」

「ああ」

「〈レッドノーズ〉の社内に知っている人間はいるか」

「俺と九十九、そして彼女だけの問題だ。社長は彼女から聞いているに違いないが、他はおそらく誰も知らないと思う」

「じゃあ、ずっと黙っていろ。いよいよとなるまでは美能先生にも教えるな」

「分かった」

「彼女の住所を」

「時間です」

御笠が住所を呟いたところで、刑務官が問答無用とばかりに御笠を立たせる。最後にこちらに向けた顔はひどく心細げだった。

面会室を後にしながら、氏家はまだ興奮が収まらなかった。刑事被告人となった御笠が自分だけに告げた真実は、本人の容疑を更に深めるものだ。

言い換えれば、御笠は九十九の存在に怯えて犯行に及んだ可能性がある。氏家が困惑しているのはそのせいだ。友人の無実を信じる一方、自分は決して真実を蔑ろにできない。我ながら面倒な性分だと思うが、科捜研に入所する前からの信条なので今更直すつもりは毛頭ない。

ともかく御笠の話を裏付ける証言がないことには検討もできない。氏家は拘置所の駐車場に停めていた愛車のトヨタ86に乗り込み、草薙礼香の自宅へと向かった。

草薙邸は渋谷《しぶや》区松濤《しょうとう》の高級住宅街の中にあった。御笠が〈レッドノーズ〉の台所事情を憂いたところで、やはり会社の代表者は相応の邸宅に住んでいる。白壁の瀟洒な建物は周囲の風景と馴染んでいて違和感がない。

夕刻にはまだ間がある。不在の惧れもあったが、幸い礼香は家にいた。

「どちら様でしょうか」

応対に出た女性が礼香本人で、氏家から来意を聞くなり泣き出しそうな顔になった。

「どうもありがとうございます。わたしも何が何だか分からず、途方に暮れていたんです」

幸い御笠の口から氏家の名前を聞き知っているらしく、多くの説明を必要としなかった。応接間に招かれ、拘置所で面会してきた旨を告げると、しきりに御笠の様子を知りたがった。

「草薙さんは面会に行かないのですか」

「父親に止められているんです」

ひどく面目なさそうに言われたが、未だに親の許可がなければ面会一つできないのかと少し驚いた。

二十代後半か三十代前半、あまり我が強そうには見えない。我が強ければ父親の反対に遭ったところで面会に行くだろうから、第一印象はさほど間違っていないだろう。

「どうして草薙代表が御笠との面会を禁じているのですか。二人が交際しているのはお父さんだってご存じでしょうに」

「『もし御笠くんが本当に九十九くんを殺していたら、お前は殺人犯と親しい関係者になる。彼の容疑が完全に晴れるまで接触するのは許さない』。そう厳命されました」

誰かの庇護の下でなければ生きていけない人間、誰かの許可がなければ自由に行動できない人間。こういう人間はいつでもどこでも一定数存在するものだ。

「あなたは御笠を信じていないのですか」

尋ねられると、礼香は自尊心を傷つけられたかのような顔をする。

「信じていたいです」

信じていると断言しないのが、彼女の優柔不断さを如実に物語っている。

「氏家さんはどうなんですか」

「個人的には信じています」

「そちらもエクスキューズがついているんですね」

「職業柄、思い込みは極力避けています。弁護人側の関係者ではありますが、鑑定結果が全てだと考えています。ただ、御笠の人となりを知る一人として、彼の犯行と断定するにはいささかの疑問点があります。その疑問点を確認するためにお伺いした次第です」

「わたしが話せることなんて、たかが知れていますよ」

「自分の証言に価値があるかどうかなんて、自分ではなかなか分からないものです」

こちらを見つめる礼香の目は氏家の性格を吟味しているようだ。頼ってもいいのか、信じてもいいのか。これも庇護されることに慣れた者特有の仕草だ。

やがて礼香は肚を決めたらしく、氏家を真っ直ぐに見つめた。

「何をお話ししましょう」

「九十九孝輔さんに関してです。彼もあなたにアプローチをしていたと聞きました」

「……はい」

一拍の沈黙が何を意味するのか、この時点では分からない。

「彼はどんな人物だったんですか」

「いくつもゲームのヒット作を出しているだけあって、独特な感性を持っていました。味を丸いとか尖っているとか、色合いを甘いとかしょっぱいとか表現するんです。わざと捻った言い方をしているのかと思ったんですけど、九十九さんに訊くと昔からそんな風に感じているんだって」

興味深い話だ。ひょっとしたら九十九は共感覚の持ち主だったのかもしれない。共感覚とは或る感覚刺激によって他の感覚も喚起される現象で、たとえば音を聞いたり文字を見たりすると色を感じる。ごく限られた者が持ち得る感覚であり、音楽家に多い印象がある。

「父が九十九さんのことを一種の天才だと言って感心していました。一つのゲームソフトを作るにはシナリオから絵、それから演出や音楽と何人もの専門家が参加するのに、それを九十九は自分一人でこなしているって。確かにスゴい才能だと思います。父が手放したがらなかった理由がよく分かります」

「それはゲームクリエイター九十九孝輔氏への評価ですよね。一人の男性としてはどうだったんですか」

「言わないといけませんか」

「あなたは彼と御笠からアプローチを受け、最終的に御笠を選びました。二人の違いが何であったのかが、九十九さん殺害に直結すると考えられます」

「九十九さんは良くも悪くも芸術家肌の人でした」

「でしょうね。そうでなければたった一人でクオリティーの高いゲームソフトを作るなんて不可能ですから」

「話し出すと、今開発中のゲームの魅力や苦労している点を事細かに説明してくれるのですが、正直半分も理解できませんでした。自分の知っていることを精一杯伝えようとしてくれているのはいいんですけど」

「あなたの方から話題を振ることはなかったんですか」

「お互い会話を楽しみたいので、もちろんこちらからも話を振りました。ただ九十九さんはファッションやグルメにはあまり興味がないようで。あの、たとえば初心者同士のテニスってお互い打ちやすい球を打つじゃないですか。でもこちらの打った球を、九十九さんはとんでもない方向に打ち返してくるんです」

理解できる気がした。いや、理解できるどころか自分にも少なからず身に覚えがあるので内心冷や汗を掻く。

オタク気質とでも言うのか、自分の知識を披露せずにはおられない。知っていることは全て吐露せずにおられない。相手に理解してほしくて堪らない。その癖、自身の興味がない事象にはふんふんと頷くだけで熱心にはならない。熱心ではないのに熱心なふりをし、演技があからさまなので相手から顰蹙を買う。

「わたしに好意を持ってくれているのは分かりましたし、将来を嘱望されているとも聞いていました。でも、一緒にいても何かこう、落ち着かないんです」

向こうがこちらのペースに合わせてくれなければ、たとえ好意を持たれている相手でもストレスが溜まる。当然の話だ。

「それに比べて御笠さんは本当に肩が凝らなくて。一緒にいても話していてもストレスフリーなんですよ。食事に行ってもわたしの嗜好に合わせてくれるし、自分が話をする前にこちらの話をとことん聞いてくれるし。年齢相応の落ち着きがあるって感じです」

「あなたが最終的に御笠を選んだのは、それが理由ですか」

「そりゃあ九十九さんは将来性があるかもしれませんけど、一緒にいて疲れる人と暮らすなんて、ちょっと想像できなくて」


天才の九十九と凡人の御笠。仕事面での優劣がプライベートでは逆転する。九十九も御笠も困惑したのではないか。


「お父さんとしてはどちらが婿候補として相応しかったのですかね」

「さすがに結婚相手を父親に決めてもらうような真似はしません」

「もちろんですとも。しかしあなたの結婚相手は次期社長候補にもなる訳だから、当然草薙代表なりの考えがあったはずです」

「父は、やはり将来を嘱望された九十九さんを目にかけていたようです」


退職したとしても九十九がゲーム業界で存在を誇示し続ける限り、御笠にとって安息の日はなかったことになる。この事実を知れば、検察側がほくそ笑むのはまず間違いなかった。


「今更たらればの話をしても仕方ないのですけれど、九十九さんが〈レッドノーズ〉の次期社長として相応しかったかどうか、わたしとしては疑問です。父は適任だと考えていましたが、ああいう芸術家肌の人が会社経営に向いているかどうか。むしろ御笠さんの方が父と似通っている部分が多いから、上手くやっていけると思いました」

「あなたはそれをお父さんに伝えたのですか」


礼香は力なく首を横に振った。

「どうせ、わたしの進言なんて耳に入れてくれません」

高級住宅街に持ち家があっても父親が会社経営者であっても、完璧な家庭かどうかは別問題だ。いや、家庭の数だけ悲劇が存在すると言った方が正しいだろう。

「虫がいいと思われるかもしれませんけど、どうか御笠さんを助けてやってください。お願いします」

礼香は深く頭を下げたが、氏家は任せてくれと胸を叩くことができずにいた。

鑑定センターに帰着する頃には、すっかり日が暮れていた。それでもセンターの窓からは明かりが洩れ、スタッフたちがまだ作業中であることを教えてくれる。

「おかえりなさい」

出迎えてくれたのは翔子だった。

「遅かったですね」

スタッフたちには東京拘置所に行く予定しか伝えていない。草薙邸への訪問は、御笠との面会で急遽決めたことだった。

弁明を聞いた翔子は眉一つ動かさない。

「それで所長。交際相手である女性の唾液サンプルや毛髪を預かってきましたか」

「いや。話を聞いてきただけだよ」

すると翔子は急に眦を吊り上げてみせた。

「被告人と面会したり、関係者から証言を集めたりするのは所長でなければできないことですか。

そういう仕事は弁護士に任せるべきじゃないんですか」

　返す言葉がない。

「被告人がどんな人かは知りませんが、それにしても今回の所長の手法はイレギュラーです。証拠物件の採取と分析こそが氏家鑑定センターの本領を発揮するところじゃありませんか」

「諫言、耳に痛いな」

「ちっとも痛そうには見えませんけど。他にも依頼を受けている鑑定があります。所長が一日も早く通常業務に戻ってくださらないと、全体のスケジュールに支障が出ます」

　一方的に責め立てられ、氏家は進退窮まった。この場は姑息ながら己の非を認めざるを得ない。

「了解。明日から通常モードに戻るから」

「よろしくお願いします」

　どちらが上司なのか分からないやり取りの後、翔子は深く頭を下げてラボに引っ込んだ。どうやら彼女に分不相応な気遣いをさせてしまったらしい。氏家は心中で翔子に手を合わせる。従業員に素行を窘められる経営者など最低ではないか。

　自席に戻ると、各スタッフの分析報告書が未決書類のキャビネットに溜まっている。氏家は報告書を一件ずつ検めながら、翔子には打ち明けられない事情を胸の裡で反芻し始めた。

4

　御笠と初めて逢ったのは高校一年で同じクラスになった時だった。都内と言っても二十三区外には四方を山に囲まれた学校が点在している。氏家たちの通った高校がそういう学校だった。進学校でもなければ底辺高でもない、中途半端なポジションだったが、居心地はさほど悪くなかった。比較的自由な校風で、妙な校則もなければ問題教師もいない。喫煙しようが禁則事項のバイトをしようが学年主任のお目玉一発で済まされるような寛容さもあった。

普通一週間もすれば、クラスにはいくつかのグループが誕生する。同じ中学出身だったり、部活動が一緒になったりという縁で結びついていくのだが、氏家はどのグループにも属していなかった。性格に難があった訳でも、嫌われていた訳でもない。ただ当時から親睦よりは孤独を好む気質で、無理に友人を作ろうなどとはさらさら考えていなかったのだ。

自ずと氏家は周囲から浮いた存在となったが、幸か不幸か浮いた人間がクラスにもう一人いた。それが御笠徹二だった。

御笠は当時よりゲームが唯一の趣味という少年で、休み時間もプレイに集中していたため友人を必要としなかった。

ともに浮いた存在である二人がいつの間にか接近したのは、共通点があったからだろう。二人とも家が裕福だった。御笠の父親は周辺に多くの不動産を所有していたのだが、折からの宅地造成ブームに乗って一躍資産家となった。一方、氏家の父親は勤めを定年退職した後、株式投資に身を投じてこれが見事に成功した。「株式投資なんて小金持ちの博打だ」と悪態を吐きながら、しかし周到な資料収集と徹底的な情報分析の賜物で、その世界では名の知れた投資家に上り詰めていた。

氏家と御笠の共通点はそれくらいで、後は真逆と言ってもいい。氏家が得意な科目は数学と物理と化学の理系、御笠は国語と歴史と英語の文系というように資質も嗜好も違っていた。ないものねだりか物珍しさか、話し始めると二人はすぐに意気投合した。

御笠の部屋にはゲーム機やソフトが所狭しと並べてあり、本棚はゲーム雑誌で満杯だった。氏家本人は御笠の傾倒ぶりに呆れるやら感心するやらで、ゲーム自体に惹かれることはなかった。たとえこちらは興味がなくても、趣味に没頭している人間の姿を観察しているのはとても楽しい。それは氏家の分析好きにしてもそうだった。

父親の株価予測は相当な確率で的中する。まるで魔法だと思っていたが、父親は決して偶然でも手品でもないと言う。

「株価っていうのは期待値なんだってさ。未来にこうなっていてほしいという期待値。人が上げたり下げたりする数値だから、当然投資家の思惑が働くし、そう期待する理由がちゃんと存在する。投資家全員の思考を読むのは不可能だけれど、彼らが見聞きする情報を丹念に分析していけば大方の値動きは予想できるんだってさ」

「でもよ、京太郎の親父さんはともかく、株で大損するヤツなんていくらでもいるじゃないか」

「大損するヤツは大抵博打感覚でやっているからだってさ。熱中し過ぎて頭に血が上っているから冷静な判断ができず、最高値で買って最安値で売る。で、財産を失くす」

「成功体験のある人間の言いたい放題というか死体蹴りというか」

「何でも論理的に考えないから失敗する。感情で計算できたり解決できたりするのはほんの一部で、世の中は論理で成り立っている。まあ親父の受け売りなんだけどさ」

「気づいているか、京太郎。お前、論理とか理屈の話をする時、メチャクチャ楽しそう」

「るせえよ」

失敗でも成功でも、身近に実例があれば最良の教師になる。良くも悪くも、当時の氏家は父親からの影響を色濃く受けていた。

御笠がゲーム同好会を作りたいと言い出したのは二年に進級した時だった。

「同好会を作るのはいいけど、あれ、入部希望者が三名以上でないと申請が通らないだろ」

「京太郎。お前、入部しろ」

「俺がそんなにゲームに興味ないのは知ってんだろ」

「幽霊部員で構わん。どうせ他に入りたい部もないだろ」

「名前貸すのはいいとして、それでもまだ二名だぞ。あとの一人はどうするんだ」

「何とかする」

だが普段から孤立しがちな御笠の口車に乗せられる者もおらず、同好会への勧誘はなかなか実を結ばなかった。

ところが五月も末になって一人の新入生が同好会に名を連ねた。

栗尾美月《くりおみつき》という女の子で、御笠が見つけて口説いたところ、あっさり承諾してくれたという次第だ。

「ゲーム、そんなに得意じゃないんですけど」

御笠が無理に引き入れたにも拘わらず、美月は申し訳なさそうにしていた。小柄で俯き加減、声も消え入りがちで、まるで自分から存在を打ち消そうとしているような子だった。

「いやあ、二人とも名前を貸してくれるだけで大助かり」

目論見通り、御笠はゲーム同好会を立ち上げ、学校から予算を掠ぎ取ることに成功した。御笠にすれば一人で部室に籠り、放課後はゲーム三昧という目論見だったのだろうが、意外にもただの幽霊部員であるのが嫌なのか美月が同好会活動に合流したのだ。

「対戦ゲームってあるんですよね。御笠先輩一人きりだと遊べないじゃないですか」

このところ、ずっと部室に二人きりだと下校中に聞き、氏家はからかってやりたくなった。

「二人きりの逢瀬か。これでお前にも念願の彼女ができたか」

「いやいやいやいや、そんなんじゃない。俺と栗尾に限ってそれはないわ」

「しかし長時間、狭い部室で二人きりだぞ。ロマンチックな気分にもなるだろ」

「ならない、ならない。確かに栗尾は素直で良い子だけど、俺の趣味じゃない。向こうも一緒で、俺は彼女の守備範囲から外れている」

「分かるのか」

「長時間、狭い部室に二人きりでいれば分かってくるさ。アレは彼女というより妹みたいなもんだな、うん」

美月が妹のように思えるのは氏家も同様だったので、ふんふんと頷いた。

しばらくは穏やかな日々が続いたが、夏休みが終わった直後に状況が変わってきた。部室に来る美月が、目に見えて消沈しているのだ。この頃には氏家も度々部室に顔を出していたので、御笠だけの印象ではない。御笠は無遠慮に体調不良なのかと尋ねたが、美月はそんなことはないと否定する。

「だって栗尾、明らかに調子悪そうじゃん。悩みがあるなら話してみろよ。俺じゃあ碌なアドバイスはできないけど、吐き出したら楽になるかもしれないぞ」

「何でもないです。ホントに何でもないんです」

何でもないはずがないのは、横に座っていた氏家にも明らかだった。目線を送ると、御笠は踏み込むなと合図を返してくる。

「とにかく何かあれば、すぐ話せよ」

御笠から別れ際に告げられても、美月は弱々しく笑うばかりで決して踏み込ませようとしない。それほど本人が氏家たちの介入を拒絶しているにも拘わらず、こちらから土足で踏み入るような真似はしたくなかった。

「家庭の数だけ問題があるって言うだろ」

氏家は訳知り顔で忠告したが、数日後に反吐を吐きたくなるほど後悔することになる。

美月は下校途中、陸橋から飛び降りて自ら命を絶ったのだ。


登校してニュースを知らされた氏家と御笠は一瞬、何かの冗談かと思った。だが担任や学年主任の口から正式に語られると、二人とも言葉を失った。

「ともかく現在は状況が全く摑めていません。そんな中で無責任な噂やデマを広げないように。近々、栗尾さんのお葬式があると思いますが、学校側からは代表二名が参列します。他の生徒は個別に行動しないよう、強く求めます」

担任の言葉を胡散臭く感じた二人は、禁則であるにも拘わらず、葬儀が終わってから栗尾宅に赴いた。美月本人から同好会の話を聞いていたらしく、両親は二人をすんなり迎え入れてくれた。

美月がイジメに遭っていたと聞き知ったのは、この時だ。

「遺品整理をしていたら美月がつけていた日記を見つけて……同じクラスの数人から脅迫や恐喝を受けていたみたいなんです」

母親は悔しさを押し隠していたが、小刻みに震える唇が感情を吐露していた。

「イジメが本当なら、苛めた生徒と学校側の責任を問いたい」

父親の口調は極めて冷静だったが、それ故に内心の憤怒の苛烈さを思わせた。

だが両親の切実な思いも空しく学校側は、イジメはなかったと回答した。事件が新聞沙汰になったために教育委員会までが関与してきたが、委員会の正式回答もまた「イジメがあった事実は確認できない」というものだった。

氏家と御笠は両親の許可を得て美月の日記を読ませてもらった。

『今日も鹿賀《かが》さんたちから呼び出しを受け、ひどいことをされた。でも彼女たちには逆らえない。逆らったら裸の写真をばらまくとおどされている』

『今週も田代《たしろ》さんたちのおやつ代を払わされた。五人分で一万円。もうお小遣いも底をついた。お母さんに何と言おうか』

『山崎《やまざき》さんたちに呼び出されて、いつものようにつねられたり蹴られたりした。彼女たちは服で隠れるところばかり狙ってくる。どうしてわたしをいじめるのかを聞くと、笑って、お前がお前だからと言う。いったいわたしの何がいけないのだろうか』

『鹿賀さんから十万円カンパしろと迫られた。グループで遊ぶ軍資金が必要だと言う。現金を持ってこなければ写真を全校生徒に配るという。どうしよう。もうお母さんにもお父さんにもお小遣いを前借りしている。預金の残高もない。このままだと、全校生徒がわたしの写真を見る。御笠先輩にも、氏家先輩にも見られる』

『もう死にたい。あの人たちにそう言ったら、死ぬ気もないのに死ぬなんて言うなバカ、と言われた。お前みたいなクソは自分で死ぬのも許されない。一生自分たちのドレイでいるのが似合ってるんだとも言われた』

『本当に、わたしには死ぬ自由もないのだろうか』

日記はそこで終わっていたが、続きがあったとしても氏家たちはもう読めなかっただろう。かつてないほど胸が締めつけられて悲鳴を上げていた。声を出せば泣いてしまうのが怖くて、固く口を閉じていた。

「この日記を見せても学校側はイジメを絶対に認めようとしなかった。日記なんか本人の好き勝手に書ける。美月が精神的に追い詰められていたとしても加害生徒から一方的に虐待されていたという証拠にはなり得ないと言われた。教育委員会も同様だ。学校側が行ったアンケート結果を鵜呑みにしただけじゃない。美月が悩んでいた理由はむしろ家庭にあったんじゃないかとまで疑われた」

父親は決して言葉を荒らげなかったが、両拳の関節が白く浮き出るほど握り締めていた。

「娘はゲーム同好会のことだけは楽しそうに話していた。君たち二人が相手をしてくれなければ登校もしなかっただろう。今まで本当にありがとう」

父親から頭を下げられて、その場から逃げ出したくなった。それなら自分たちが同好会に誘わなければ美月は不登校になり、自殺する羽目にならずに済んだかもしれないではないか。

栗尾宅を出てから、ようやく御笠が口を開いた。

「なあ、京太郎。俺はどうかしちゃったのかな」

「どうした」

「頭が沸騰しているのに、腹の辺りがえらく冷えている。爪先まで冷えていて上手く歩けない。こんなのは初めてだ」

「奇遇だな。俺もだ」

「俺たち、途轍もなくひでえ学校に在籍しているんだな」

「ああ。自由な校風だと思っていたけど要は生徒たちをよく観察していなかっただけだ。生徒から嫌われるような問題教師がいないのは、皆が責任を放棄して安全地帯でのらりくらりしているだけだからだ。校長をはじめ、教師たちは責任を取りたくないからイジメはなかったことにしたがっている。死んだ栗尾や両親の気持ちなんて一ミリも考えちゃいない。すっかり騙されていた。いや、違うな。俺たちが真剣に見極めようとしなかったんだ」

「クソッタレだな、栗尾を苛めたヤツらも、学校も」

「俺たちだってクソッタレだよ。日頃から栗尾と接していたのに、あいつがあれほど追い詰められているのを知らなかった。知ろうともしなかった」

沈黙が落ちる。再び氏家が口を開いた時、自分でも驚くほど声の調子が変わっていた。

「前にお前、『アレは彼女というより妹みたいなもんだな』って言ったよな」

「言った」

「妹があんな目に遭わされたら、兄貴分の俺たちはどうするべきだと思う」

「そりゃあ決まっているだろ」

翌日から氏家と御笠は早速行動を開始した。

日記を貸してくれないかと美月の母親に問い合わせてみると、調査のために役立ててほしいと言う。勇んで駆けつけ、必ず役立てると約束して借り受けた。

内容を読もうとすると途端に心が重くなったが、心を鬼にして再度最後まで確認した。

間を置かず二人は日記の写しを新聞社と出版社に送付する一方、データ化してネットに晒したのだ。

反響は凄まじいものだった。直ちにマスコミが学校に押し寄せ担任と学年主任、そして校長にマイクを突きつけた。知らぬ存ぜぬを貫く訳にもいかず、学校側は進退窮まった。

マスコミ報道が過熱すると警察も重い腰を上げた。批判の声は教育委員会にも集まり、教育委員長は第三者委員会の設置を約束させられた。

諸々の調査の結果、美月の自殺はイジメが原因との結論が出たのは氏家たちが卒業する寸前だった。マスコミやネットに資料を流したのが氏家たちであるのは学校側も特定できなかった。しかし二人をよく知る学年主任は、ある日二人を断罪しようとした。

「お前たちの軽率な正義感のお蔭で鹿賀たちは一生を台無しにするかもしれん。先生や教育委員会の一部もそうだ。全く何ということをしてくれた」

だが二人は動じなかった。卒業を目前にして、何か処分ができるものならやってみろと開き直っていた。

学年主任の詰問に対して氏家は敢然と立ち向かう。

「僕たちは残っている資料を公にしただけです。軽率な正義感と言われればその通りかもしれません。でも僕たちは加害生徒を訴えたり罰したりはしていません。罰するのは、むしろ自分たちをですよ。加害生徒も先生も含めて」

「どういう意味だ」

「直接手を下さなかっただけで、栗尾を殺したのは彼女らであり、それを見過ごしていたのは僕たちであり、隠そうとしていたのは先生たちです。これから先、どんな一生になるかは分かりませんが、栗尾はその一生も断たれてしまいました。今後、加害生徒たちも僕たちも先生たちも栗尾の呪縛からは逃げられない。彼女のことを思い出す度に胸に痛みを覚えて吐きたくなるような気持ちになり、自分は罪深い人間なんだと知らされる。それが僕たちに与えられた刑罰なんですよ」

氏家の言葉に、御笠は満足そうに頷いた。

そして、この出来事が二人を繋ぐ絆となった。

三　隠された過去

1

氏家たちが〈すめらぎハイツ〉から持ち帰った試料を分析し始めて、既に一週間が過ぎようとしていた。

だが、入居者だった九十九孝輔以外の残留物は未だ採取できていない。一方検察側は御笠の体液とされる甲七号証を確保し、来る初公判の日を待ち構えている状況だった。

「結局、空振りに終わりそうです」

試料の分析は数人のスタッフに手伝ってもらったが、最終的な報告はＤＮＡ鑑定を専門とする翔子に任せていた。常時とは異なる氏家の姿勢に疑義を挟んでいた翔子だが、職務の遂行は別問題だ。

「申し訳ありません」

翔子は謝る際、本当に申し訳なさそうに頭を下げる。己の能力を正しく評価している者は得てしてこういう謝り方をする。彼女の有能さを誰よりも知悉する氏家は、その低頭を見ると何も言えなくなる。

「ウチの錚々《そうそう》たる精鋭たちが残業までして検出できなかったのなら、それが最終結論だよ。ベストを尽くしたと信じているのなら頭なんて下げなくていい」

「では、そうします」

翔子は、さっと顔を上げる。切り替えがおそろしく早いのも彼女の美点だった。

「でも所長、この先はどうする予定ですか。分析対象が尽きてしまえば、わたしたちにできる仕事はありません」

どれだけ高性能の銃火器があっても弾がなければ、ただの鉄の塊に過ぎない。

「弾がないなら調達してくる。それが兵站《へいたん》たる僕の役目だ。それまでは、こいつの分析でお茶を濁してくれないか」

氏家はナイロン袋に封入された綿棒を手渡す。

「これは」

「美能先生が本日の接見で入手してくれた。御笠の唾液サンプルだ」

「やっとですか」

「刑務官を介してのやり取りだし、美能先生も慣れていなかった。致し方ないところだよ」

「こんな言い方は失礼ですが、美能先生はあまり刑事弁護に向いていない気がします。慣れ不慣れではなく手際の問題です」

「橘奈さんは手厳しいな」

「依頼人を非難するつもりは毛頭ありませんが、試料の入手に手間取れば公判に間に合わなくなる惧れがあります。それでは何にもなりません」

いちいちもっともなので反論できない。こういう、うるさがたの人材を手元に置いて本当によかったと思う。

「本音を言えば、依頼人がもっと狡猾で図々しい弁護士だったら多少はマシだったかもしれません」

氏家も本音を言わせてもらえれば、この案件は御子柴《みこしば》弁護士に引き受けてほしかったが全ては後の祭りだ。刑事裁判に不慣れな弁護士の指示に従いながら、ほぼ徒手空拳で公判に臨まなければならないが、劣勢の状況で闘うのはこれが初めてではない。

「いつも有利だとは限らない。むしろ不利な状況を覆すのは気分がいいじゃないか」

「裁判を格闘技か何かだと思っているんですか」

「対峙している当事者たちは少なからずそう思っているだろうね。ただ繰り出す武器が拳や足じゃなく、論理と整然性というだけの話だよ」

尚も何か言いたげな翔子に対し、氏家は有無を言わさぬ口調で畳み掛ける。

「早速、今からでも新しい試料を仕入れてくるよ。橘奈さんたちはラボで他の案件を片づけながら待っていてください」

「どこで試料を仕入れるつもりなんですか」

「自宅が駄目なら勤め先があるじゃないか」

翔子に行き先を告げるや、氏家はセンターを出て〈レッドノーズ〉本社へと向かう。

〈レッドノーズ〉本社は中央区《ちゅうおう》晴海《はるみ》、ビル街の一角にあった。七階建てと周囲の高層ビルより高さでは見劣りするが、会社ロゴの派手さで重厚さに対抗している。

一階受付で来意を告げる。希望する面会相手は代表の草薙啓治《けいじ》。アポイントはまず取れないと判断して突撃した次第だ。

「少々お待ちください」

受付嬢が連絡を取っている間、氏家は九十九が出入りしていたフロアは何階なのかと見当をつけていた。

氏家が〈レッドノーズ〉を訪れた目的は二つある。一つは勤め先における九十九の人間関係を再確認したいからだ。職場における人物評は御笠からも聞いたが、それでは不充分だ。また御笠が把握しきれていない愛憎が存在していた可能性も否定できない。九十九を憎むか疎んじていた人物をピックアップしておけば、今後の分析に有利な情報を得られる。

二つ目は九十九の使用していたデスクの中身を漁ることだ。九十九の毛髪や指紋、ＤＮＡ型は既に採取しているが、私物の中に本人以外の試料が発見できれば、やはり重要な手掛かりとなる。

代表者の草薙啓治をアポイントなしで指名したところで面会が叶わないのは目に見えている。だが代表者が会わないのであれば、誰か他の担当者を立ててくるだろう。氏家にしてみればフロアに出入りできる許可さえもらえれば御の字だと考えていた。

「お待たせしました、氏家さま」

次に彼女は意外な言葉を口にした。

「二階の応接室でお待ちください。代表もそちらに向かいます」

まさか会えるとは思っていなかったので、申し込んだ氏家が驚いた。

居心地の悪さに耐えること十五分、応接室に現れたのは恰幅のいい五十がらみの男だった。

「あなたか。御笠の弁護側で動いているという鑑定人は」

「氏家です」

「草薙だ」

正面の椅子に深く腰を下ろし、こちらを睥睨する。会社の代表者としては若い部類になるのだろうが、貫禄は充分だ。

「用件を聞く前に確認しておきたいことがある」

「何でしょうか」

「あなたが最初にハマったゲームと現在ハマっているゲームは何だ」

唐突な質問に一瞬虚を衝かれた。

「それが今回の事件と、どんな関係があるのでしょうか」

「ゲームの趣味で、その人物の大まかな趣味嗜好が分かる。対戦ゲームなら戦略の立て方で頭の出来も分かる。然る大手の玩具メーカーでは、入社試験の面接で推している自社キャラクターのプレゼンをさせるらしい。まずはあなたの人となりを知っておきたい。そうでなければ安心して話ができない」

一代で起業し業界の雄となった人間は、人となりの探りようも違うのか。感動はせずとも感心はする。

「申し訳ありませんがゲーム全般にあまり関心がありません。従って熱中したソフトもありません」

「あなたの年代なら高校生の時分にゲームボーイが発売されているだろう。それで何のゲームにも興味が持てなかったのか」

「他の分野に興味がありましたからね。現在、鑑定の仕事でメシが食えているのは、そのお蔭だと思っています」

ゲーム会社の代表への回答としては不遜なものだが、知ったかぶりをしたところで即刻看破されるに決まっている。嘘吐きと蔑まれるよりは、全くの素人と思われた方が交渉しやすいという判断だった。

草薙は激怒も落胆もしなかった。まるで珍獣を見るような目でこちらを眺める。

「今時、ゲームをしない人もいるんだな。その分、一つの分野に傾倒したというのなら相応の知見があって当然かもしれないな」

「黙っているのも嫌なので打ち明けますが、御笠は高校時代の友人です」

「あの男と付き合っていながらゲームに興味なしでやってこられたのが、余計に興味深いな。鑑定を引き受けたのは友情からか」

「正直、ゼロとは言いません」

「旧友が人を殺すというのは腑に落ちないかね」

「お言葉を返すようですが、古参の従業員が人を殺すというのは腑に落ちることなのでしょうか」

　草薙は苦笑する。

「いい切り返しだ。さすがに御笠の友人なだけはある」

「御笠を評価してくれているのですね」

「評価していなかったら、とっくの昔に辞めさせている。ウチも無能な社員を食わせているような余裕はないからな」

「草薙さんは御笠が九十九さんを殺害したとお考えですか」

「考えたくもない、というのが正直な気持ちだな。あなたはウチの沿革をどこまで知っている」

「ゲーム業界で大手と張り合える、としか存じておりません」

「創立当初から順風満帆だった訳じゃない。出すソフト出すソフトがことごとく売れず、何度年の瀬に金策に回ったことか。一般に名が知れるようになったのは、御笠や九十九が活躍するようになってからだ。二人とも会社にとっては救世主だが、個人的には辛苦をともにした戦友のようなものだ。その戦友同士が殺したり殺されたりというのは、頭で理解していても感情が納得しない。御笠の容疑が晴れれば嬉しい」

「御笠はどういう社員でしたか」

「こういう会社に入社を希望する人間にはゲームオタクが多い。これだけゲームが好きな俺なら当然雇ってくれるに違いないとか考えているんだろうが、こちらの欲しい人材は人当たりがよく、コミュニケーション能力に長けた常識人だ。実際、ウチの従業員は実務家が揃っている。そういう意味で御笠はゲーム好きでありながら理想の人材だった。ディレクターとしては彼の右に出る者はいない。きついノルマを課せられてもスタッフが文句一つこぼさないのは、偏に御笠の人徳によるものだ」

「御笠がお嬢さんと付き合っていたのはご存じですよね」

「無論だ。交際は当人同士の自由だが、御笠が婿になってくれれば安泰だという思いもあった」

「御社が望む人材はどういう人物か理解しました。では九十九さんは人当たりのいい常識人でしたか」

「厭味な言い方をするんだな。うん、確かに九十九はコミュニケーション能力に問題があるし常識人というのも憚られる。だが九十九は特別枠でね。たとえばまともな学校教育を受けていないからという理由でエジソンを雇わない経営者はいないだろう。ゲームソフトのシナリオから何から何までこなしてしまえるクリエイターはなかなかいない。ディレクターが要求する内容を本人がほとんど全てのセクションで完成させるのだから、コミュニケーションもレベル合わせも必要ない。ゲーム制作としては一種の理想型だろうな」

「クリエイターとしては非の打ち所がないのですね」

「それだけの才能があれば多少常識を欠いていたとしても許容範囲だ。クリエイターやアーティストに常識や社交性を求めるのは筋違いというものだ」

「言い換えれば、九十九さんは社会人としては不適合者だったということですか」

「否定はしない。取引先の役員が表敬訪問しても目も合わせない。同僚や部下の能力を冷笑し、上司と会っても挨拶すらしない。好き嫌いが激しく、妥協することを知らず、相手の気持ちなど全く汲もうとしない。しかし、そういう不適合さもクリエイターとしての能力で相殺される。九十九はウチにとってなくてはならない存在だった」

草薙の舌が滑らかになってきたのを見計らい、氏家はもう一歩踏み込んでみた。

「お嬢さんを巡って御笠と九十九さんが恋敵になっていたのをご存じですか」

「知っているさ。御笠はともかく、社内でも九十九が隠そうとすらしなかった」

「草薙さんとすれば、どちらを婿に迎えたかったのですか」

「娘の意思を尊重するしかないだろう」

「お嬢さんが御笠を選べば、九十九が会社を辞めることは充分予測できたのではありませんか」

「経営者としての判断と父親としての思いは別物だ」

経営者としては九十九に留まってほしいが、娘の父親としては常識人である御笠が望ましいという意味だろう。

「わたしの考えが鑑定に関係あるとも思えないのだが」

「現段階では何が役立つかは誰にも想像できません」

「用件を聞こうか」

やっと本題に入ったか。氏家は九十九の使用していたデスクの中身を分析したい旨を告げる。快諾されるか、それとも拒否されるか。だが草薙の反応は、そのいずれでもなかった。

「折角だが骨折り損だったな。デスクの中を漁っても、おそらく何も出てこないぞ」

「何故でしょうか」

「九十九は完璧主義で、ゲームの仕上がりについては誰も口出しできないほどの完璧さを目指した。そういう拘りは会社を辞める際も同じだった。自分のデスクの中身をぶち撒け、私物も備品も一切合財をゴミ箱に放り込んだ。ボールペン一本、メモ用紙一枚に至るまで全てだ。言うことが奮っている。『メモの中にはアイデアの走り書きがある。アイデアは俺の財産だから何人たりとも盗ませない』。デスクの中身だけじゃない。過去に自分が関わったプロジェクトの資料から試作品まで全てを廃棄してしまった」

「資料や試作品は会社の財産でしょう」

「九十九の関与したプロジェクトは、ほぼ九割がた彼の意見が採用された。試作品も彼のホームメイドと言っても過言じゃない。法律的にはどうであれ、九十九が資料を処分するのを止められる者は一人もいなかった。立つ鳥跡を濁さずと言うが、ああまで徹底されると厭味じゃないかとも思える」

「その場に御笠はいたのでしょうか」

「いたはずだ。だが御笠にも止められなかった。会社の利益と個人の権利をバランスよく考えられる男だが、ことゲーム開発においては九十九に一歩も二歩も及ばなかったから腰が引けたのだろう」

「聞けば聞くほど興味の湧く人物ですね、九十九さんという人は。彼を採用した面接官は優秀ですね」

　すると草薙は不機嫌そうに唇を曲げてみせた。

「面接したのはわたしだよ。当時は小所帯だったから、わたしが入社希望者の面接を担当していた」

「履歴書もご覧になったんですね」

「履歴書は見ていない。と言うよりも、最初から本人が用意していなかった」

「まさか。履歴書なしで採用を決めたのですか」

「履歴書なんぞいくらだって虚偽記載ができる。誇張もできる。それより何より重要なのは仕事に対する適性だ。九十九はそれを知ってか知らずか、履歴書以上に雄弁なものを面接の場に持ち込んできた。何だと思う」

「さあ」

「自作のゲームだ。一からプログラミングしたソフトを持参してきた。それまで同業他社には一切の関係がなかったアマチュアが見事な試作品を履歴書代わりに持ってきたんだ。いや、代わりどころかどんな釣書の履歴書よりも説得力があった。即採用だよ」

「じゃあ、九十九さんの来歴や出身は一切聞いていないのですか」

「書類関係で九十九が持参したのは住民票だけだった」

氏家は内心、臍《ほぞ》を噛む。それでは九十九の過去を調べようがない。

「彼の過去について知っている人はいますか」

「どうだろうな」

草薙は答えを探すように虚空を眺める。

「入社時から退職するまで九十九の印象は変わらなかった。人を寄せ付けない孤高のクリエイターだ。人を寄せ付けずに己の中で自己完結させた作品は大抵クソゲーにしかならないが、九十九は例外だ。他人の意見を尊重せず、世評や業界のトレンドに一切の忖度がなかったから、これぞ九十九クオリティーと呼べる作品を創造することができた。聞いた話では社内の飲み会にすら参加したことがないらしい。報連相も含め、彼と話し込んだ社員は皆無じゃないかな」

最初からないない尽くしか。

薄々覚悟はしていたが、いざ現実を突きつけられると溜息の一つも吐きたくなる。

だが手ぶらで帰るのは氏家の自尊心が許さない。

「結構です。九十九さんのデスクを拝見させてください」

草薙の許可を得て三階のオフィスに向かうことにした。そこはソフト開発の現場であり、別のICカードがなければ入室できない仕組みだ。一階受付で再度手続きを済ませて、いよいよ現場に足を踏み入れた。

オフィスの中は各作業部門に分かれて島が形成されていながら、どこか雑然とした印象がある。ゲーム機やソフトがそこら中に放置され、さながら子供部屋の様相を呈しているのも理由の一つだろう。

開発チームの定岡《さだおか》という男性社員が案内をする前に耳打ちしてきた。

「恐れ入りますが、スタッフへの質問は控えてください。これは草薙代表からの通達です」

「何故でしょうか」

「九十九さんの事件ではスタッフ一同が大きなショックと悲しみに暮れています。中には仕事が手につかなくなった者もおり、現在進行形なんです。ですから、スタッフを刺激しないようにお願いします」

「ではあなたにお聞きします。九十九さんが親しくしていたスタッフはどなたでしょうか」

定岡は悲しそうに首を横に振る。

「わたしの知る限り、そういうスタッフは一人もいません。九十九さんは良く言えば孤高、悪く言えばワンマンでして、仕事をしていても必要最低限のことしか口にしませんでした。プライベートな話となると皆無ですよ。わずかに同僚の御笠さんが世間話を振る程度で」

御笠の名前を口にした途端、定岡は目を伏せた。

指定されたデスクは未だ新しい主を見つけられず、そこにあった。上にはキャビネット一つ置かれておらず、ただ虚ろに見える。

氏家はＡＬＳのゴーグルを装着しようとした寸前、ふと手を止めた。

スタッフたちは思い思いに手を動かしている。事前の打ち合わせでもあったのか、努めて氏家を無視しているようだ。しかし、いくら氏家にとって慣れた作業とは言え、衆人環視の前でゴーグルを装着すれば嫌でも注目を浴びるか邪魔者扱いされるのではないか。

だが氏家の心配は杞憂に過ぎなかった。スタッフの中にはＶＲゴーグルを装着している者もいるので、全く違和感がなかったからだ。

気を取り直し、それぞれ異なる波長でデスク周りを照射してみる。

何もなかった。

見事に何も浮かび上がらなかった。たった一滴の体液も、たった一個の指紋すらも。

拡大してみると、うっすらと表面を拭き取った跡がある。草薙の言葉を借りるまでもなく、九十九は恐ろしいまでの完璧主義者だった。立つ鳥跡を濁さずを文字通り実行していったのだ。

無駄とは思いながら抽斗を開く。危惧していた通り、何も残されていない。中も清掃したらしくひと摘まみの埃さえ残っていなかった。

デスクの裏、椅子の背もたれ、キャスターと思いつくままにALSを照射してみるが、労多くして実り少ないとはこのことだと痛感する。

ひと通りの作業を終えると、氏家はゴーグルを外して短く嘆息した。

ふと気配に気がつけば、定岡を含めたスタッフ全員がこちらを注視していた。氏家と目が合い、慌てて視線を戻した者もいる。

折角注目を浴びているのだ。利用しない手はない。氏家はスタッフ全員に向かって声を上げた。

「今更ですがお邪魔いたします。弁護側の鑑定を承りました氏家と申します」

何人かがつられたようにお辞儀をする。

「皆さんの中に九十九さんと親しかった人、あるいは親しかった人をご存じの方はいらっしゃいませんか」

スタッフたちは互いの顔を見ていたが、やがて自信なげに首を横に振った。

直接訊いても駄目か。

この日、何度目かの気落ちを味わい部屋を退出しようとした時だった。

「待ってください」

引き留める声に振り向くと、一人の女性スタッフだった。

「弁護側ということは御笠ディレクターの容疑を晴らそうとしているんですよね」

「厳密に言えば、弁護人の依頼で物的証拠の鑑定を請け負っています」

「御笠ディレクターが九十九さんを殺しただなんて何かの間違いです」

数人が同意を示して頷く。

「わたしたちは御笠ディレクターに育てられたので知っています。御笠ディレクターは九十九さんみたいな天才じゃないけど、すごく信頼できる上司でした。『グランド・バーサーカー』や『蒼久の騎士』は九十九さんがいなければ誕生しなかったかもしれませんが、御笠ディレクターがいなければ現状のスタッフは誕生していませんでした」

別の男性スタッフが次いで声を上げる。

「もし、御笠ディレクターの弁護に必要なものがあれば教えてください。俺たちが用意します」

「わたしも」

「及ばずながら僕も」

まるで火がついたようにオフィスのあちらこちらから手が挙がる。

定岡はこちらに背を向けて肩を震わせている。

いい部下を持ったな。

氏家が深く一礼するとスタッフたちの声が止んだ。

「皆さんのお気持ちは有難く頂戴します。ですが、皆さんのお仕事の邪魔をするのは御笠氏の本意ではないでしょう。後日改めて、弁護人とともに伺うことになると思います。その際は作業の障害にならないようなスケジュール調整をしますので、よろしくご協力ください」

すると最初に声を上げた女性スタッフが意外そうな顔を見せた。

「どうかしましたか」

「いえ……何だか御笠ディレクターのお願いの仕方とそっくりだったものですから」

2

〈レッドノーズ〉本社を出た氏家は、その足で美能の事務所に向かった。収集した試料の分析結果を報告しがてら、公判前整理手続の進捗状況を確認するためだった。

「結果から先に言うと思わしくありません」

予想した答えだったので、さほど気落ちはしなかった。

「槇野検事からの回答が木で鼻を括るようだったので抗議したが、『科捜研からの返事をそのまま伝えたので、当検察官に抗議されても対処できず』と返してきた。正論だが、これほど腹の立つ正論の吐き方もない」

美能は悔しさを隠そうともしない。度重なる検察側と裁判所の態度に、業を煮やしたに違いなかった。

「数々の非礼を受けたお返しは法廷で、という話でしたね」

「確かにそう言いました。しかしわたし一人の力では蟷螂《とうろう》の斧に等しい。改めて捜査権を持つ検察の力を思い知らされました」

「ひょっとして弱気になられましたか」

「氏家さんがいてくれるから徒手空拳とまでは言わないが、依頼人が有利となる物証が何一つない現状では、公判で認否を争うのは竹槍で戦闘機を墜とすに等しい」

絶望感たっぷりの比喩だが、的を射ているのが何とも口惜しい。

「そう言えば氏家さん、午前は依頼人の勤務先に行かれていたんでしたね」

「九十九孝輔のデスクに本人以外の残留物があれば、突破口になるという期待がありました」

「勤務先に被害者を憎む者がいたという可能性ですか」

「検察側が動機としている九十九への嫉妬心というのは、そのままスタッフたちが抱く動機にも援用できますからね。自分には到底手が届かない才能。目が眩む人間は少なくないでしょう。しかも毎日毎日同じオフィスで顔を合わせているとしたら尚更です」

「羨望は絶望に変わり、絶望は憎悪に変わる。ありそうな話ですな。或る種の人間は、手が届かないものなら己の立つ位置まで引きずり下ろそうとする」

美能は不味いものを舌に載せたような顔をする。

「〈レッドノーズ〉絡みの訴訟でも度々、そういう輩を見てきました。あのゲームは俺が最初に思いついたとか、あのキャラクターは俺のを盗んだんだろうとか。彼らは提訴して法廷で同等の立場になれば、無理難題も叶うという妄想を抱いている。無論、訴える行為自体は自由だが、結果的には取り下げに終わるのがほとんどです。自分で起こした訴訟の費用を自ら負担するので高い授業料になるのがオチなのですがね」

「難癖に近い民事訴訟なら高い授業料で済みますが、殺人となると支払う授業料で破産してしまいますよ」

「スタッフの中に、そういう人間は見当たりましたか」

これは御笠の名誉のために言っておくべきだと思った。

「この歳であんな光景を目にすることができるとは思いませんでしたね」

御笠の育てたスタッフから告げられた願いを伝えると、一瞬美能は顔を硬直させ、唇を細かく震わせた。

刑事弁護士としては信頼できない面が多々あるが、人間としては信用してよさそうだった。

「そういう話を聞くと、職場にも容疑者はいないと思いたいですな」

「しかし美能先生。時として感情は判断を狂わせます。彼らの気持ちは気持ちとして受け止め、可能性を排除してはなりません」

「スタッフたちから直接声を聞いた氏家さんがそれを言いますか」

「『法廷を支配するのは論理だ』。常々そう熱弁する弁護士先生を知っているものでしてね」

「法廷を支配するのは論理。うん、確かにそうです。しかし如何せん、我々には論理を形成するための物的証拠が圧倒的に足りていない」

「〈レッドノーズ〉のスタッフはいつでも聴取に応じてくれるそうです。彼らから証言を集めるのは先生の仕事ですよ」

「証言してくれる協力者がいるのは有難いですが、有益な証言でなければ意味がない」

「九十九を殺害した理由は嫉妬以外に考えられませんか」

「と言うと」

「九十九孝輔を天才ゲームクリエイターとして見ているから動機を持つ者と持たざる者の相克に結びつけてしまいます。しかし九十九に別の種類の悪意を抱く者がいたとしたら、新しい局面が開くのではありませんか」

「仰る意味はよく理解できる。しかし退職した後、九十九は部屋に閉じ籠り、社会との接触を断っていた。そんな状況下で敵対関係が生じるとも思えないが」

「〈レッドノーズ〉に入社する以前ならどうですか。九十九はヒット作を連発して斯界《しかい》の寵児となりました。ゲーム専門誌以外に、何度かネットでも取り上げられています。しかも顔写真つきで」

そうか、と美能は膝を叩いた。

「以前、九十九と敵対関係にあった何某が出世した彼を見て殺意を覚える。時間差の動機という訳ですね」

「現在の人間関係から容疑者を捜せなければ過去に遡るのもいいかもしれません。ただ、〈レッドノーズ〉では誰も九十九の過去に触れた者がいませんでした」

九十九が採用試験の際に履歴書すら持参しなかった件を知らされると、美能は信じられないという顔をした。

「長らく〈レッドノーズ〉の顧問をしているが、そんな話は初耳ですよ。今日び悪評高いブラック企業ですら履歴書くらいは見ますよ」

「過去の釣書よりも未来の発想に着目したのでしょうね。草薙代表とは初見でしたが、この人ならそういう選択をするだろうと思いました」

「同意せざるを得ませんな。ベンチャーを興す人は多かれ少なかれ博才をお持ちのようで、草薙代表も例外じゃない。また博才以外にも人を見る目を持っている」

「九十九の過去を調べてください」

しかし、と美能は口ごもる。

「九十九氏の戸籍くらいは洗えるとしても、過去の人間関係や事件を掘り起こすのは容易じゃない。いや、これはわたしが力不足というだけの話なのですが」

申し訳なさそうな美能に対し、氏家は頷くことさえ憚られる。これまで企業弁護士に特化していた美能に刑事や興信所の真似ごとを強要するのは難しい面がある。

その時、唐突に思い出した。

「あの、美能先生。九十九の過去を探る仕事ですが、わたしの知り合いにうってつけの人物がいます。その人物に調査を依頼してはどうでしょうか」

「その人はどういう素性ですか」

「今は私立探偵を開業していますが、元は警視庁捜査一課の刑事でした」

「信用の置ける人物でしょうか」

「少なくとも調査能力に関しては太鼓判を押します」

「氏家さんが太鼓判を押す人物なら問題ないでしょう。謝礼は弁護士費用で賄います。その探偵さんに依頼してみてください」


新宿区《しんじゅく》荒木町《あらきちょう》はやたらに坂の多い街だ。平坦な道は数えるほどしかなく、気がつけばどこかの坂を上り下りしている。街全体が擂り鉢状の地形をしているための特徴であり、荒木町界隈が新宿区内でも家賃が安い理由だと聞いたことがある。

氏家がしばらく上っていると坂の両側に雑居ビルの一群が見えてきた。件の人物が根城にしている事務所はそのうちの一棟に入っている。

八階建てビルの前に立つと、氏家は改めて当惑した。褪色した壁面に白濁したガラス窓。下手をすれば昭和の遺物のような建物だ。まず間違いなく現在の耐震基準を満たしていない、明日に建て替えを勧告されても不思議ではない。

エントランスに入る。ビルの中はカビ臭く、湿気が肌に纏わりつく。今にも停止しそうなエレベーターで四階に上がると、部屋は三つしかないので目指す事務所はすぐに分かった。右側のドアに〈鳥海探偵事務所〉と書かれたプレートが掲げられている。

事前にアポイントは取ってあるので、事務所の主は待っていてくれるはずだ。果たしてノックをすると、「どうぞ」と返事があった。

中には男が一人でいた。

鳥海秋彦《とかいあきひこ》。病的に見えるほどの痩身で、ジャケットから腕が出ている様はまるで案山子のようだ。

「久しぶりだな氏家さん」

鳥海は少しも嬉しくなさそうに迎えてくれた。

「仕事の話だってな」

「そうです」

「俺たち探偵が民間の鑑定センターに依頼するのは珍しいことじゃないが、まさか逆とはな。どういう風の吹き回しだい」

「警視庁捜査一課並み、もしくはそれ以上の調査能力が必要になりました。わたしには鳥海さん以外、頭に浮かびません」

「あんたの交友関係の狭さが窺い知れるな」

鳥海は皮肉な笑いを浮かべる。この男を知らない者は胡散臭く思うだろうが、氏家のように慣れた者は却って安心を覚える。

以前、氏家が科捜研に勤めていた頃、鳥海は捜査一課の刑事だった。初めて会った時には何といけ好かない男だと思ったが、鑑定依頼で顔を合わせていると、次第に自分と似た臭いを嗅ぎつけるようになった。組織に評価されながら当人は組織に懐疑心を抱いているという共通点があるのも知った。

鳥海の方も同様だったらしく、氏家を相手に世間話を交えるようになった。これは鳥海を知る者には大変な椿事らしく、上司だった等々力からは多分に驚かれたものだ。

『鳥海と親しくなれるならプーチンとでもハグができるぞ。コツがあるなら教えてほしいものだ』

面白いもので氏家が科捜研を辞めた時、同日に鳥海もまた刑事を辞めた。理由を尋ねるとこれまた似たような話だったので、二人して苦笑した記憶がある。以来、数年に一度の割合で鑑定依頼を受けるようになった次第だ。

「あんたのことだ。近況報告なんぞすっ飛ばして本題に入るぞ」

「ゲームクリエイターの九十九孝輔という人物が殺された事件を知っていますか」

「ニュースで見た。容疑者は元同僚らしいな」

「その元同僚はわたしの友人です」

「おや。それはそれは」

氏家が弁護側の鑑定を請け負うまでの経緯を説明している最中、鳥海はずっと薄目でこちらを見ていた。関心が薄そうに見えるが、実は全神経を集中させて聞き入っているのだ。

「話は大体分かった。つまり俺に九十九孝輔の身辺調査をしろってことだな」

「現在入手しているのは住民票くらいらしいです」

「捜査権を持たない弁護士の辛いところだ。捜査権がないのは探偵も同じなんだけどな。戸籍も弁護士に請求させるか」

「住民票も然ることながら、九十九は他人に過去を話したことがないらしい。長年勤めた会社で誰一人昔話を聞かなかったというのは、本人の性格を考慮しても奇妙です」

「孤立するには孤立するだけの理由がある、か。氏家さんはその理由が過去にあると踏んだ訳か」

「鳥海さんの勘は」

「人伝の話だけじゃ見当もつかない。だが聞いた限りじゃ、もう探る場所は過去しかないよな。何しろ社会に出てまともに勤めている時期ですら、半ば世捨て人みたいな暮らしぶりだものな。メシ食って寝て、ゲームを作る以外は他人と碌に話もしない」

「それで社会生活が維持できる世の中なんですよ」

「特異な性格は生活環境によって形成される。ありきたりな理屈だ」

「ありきたりな理屈だから蓋然性が高いとも言えます」

「仰る通り」

鳥海は歌うように喋る。決してふざけているのではない。案件に興味を覚えた証だった。

「ただその伝で言えば、九十九孝輔という人間は過去に途轍もなく不愉快な体験をした可能性が小さくない。生育環境が普通なら、その中で育つ子どもも普通であることが多いからな」

「同感です。あまり他人に自慢できる環境ではなかったから話したがらない」

「この件、引き受けた」

鳥海は軽い口調で言った。

「ついては判明している事実だけ教えてくれ」

氏家は美能から聞いた九十九の最終住所地を伝える。

「それにしても氏家さん。今回は弁護士の依頼というより、あんた自身の意思が強く働いているみたいだな」

「否定はしません。自分でも公私混同の誹りは免れないと思っています。それどころかセンターの所員にさえ非難されています」

「面と向かってか」

「面と向かって、です」

「生意気だねえ。そういう部下は大事にしなきゃな」

「言われるまでもありません」

「実のところ、あんたが公私混同しているので少し安心した」

「安心、ですか」

「氏家さんが科捜研を辞めたのは、組織が肌に馴染まなかったせいだろ」

「そんな格好のいいものじゃありません。鳥海さんもご存じでしょう。独断専行で突っ走った挙句、上司や同僚に迷惑をかけたからですよ」

「とどのつまりは組織の正義より個人の倫理を優先させたんだ。そういうところが相変わらずなんで安心したんだよ」

何やら心の裡を見透かされたようで落ち着かないが、少なくとも不愉快ではなかった。

「じゃあ、明日から調査に入る。日割り手当プラス実費プラス報酬。いつも通りでいいな」

「有用な証言をしてくれる人に、証言台に立つことを約束させてください。それが叶えば追加報酬です」

「交渉代理か。よし、それも引き受けた。報告はメールか、それとも紙ベースか」

「今回も誰がネットに張りついているか分かったものじゃない。報告書は紙ベース、手渡しでお願いします」

毎度思うんだが、と前置きして鳥海は言う。

「機密を要する情報の受け渡しほどアナログに回帰するのは皮肉な話だな。個人認証やら暗号化やらのハイテクは、いったい何のためにあるんだって話さ」

「この上なく好意的に考えれば、我々が最終的に信用できるのは結局人間なのでしょうね」

3

その日、鳥海は中央区晴海の〈レッドノーズ〉本社前に立っていた。

氏家の依頼は九十九の身辺調査として過去を探ってほしいという内容だったが、鳥海は再度勤め先での人間関係を洗うつもりだった。

氏家が〈レッドノーズ〉を訪れた目的は主に九十九の私物からの残留物採取だが、鳥海はあくまで対人をモットーとしている。モノを分析して真実を追求する氏家と、人間関係から動機を探る鳥海の相違点と言っていい。

受付で美能弁護士の委任状とともに来意を告げる。氏家はいきなり草薙代表と面会が叶ったが、鳥海が希望する相手は彼ではない。

「開発チームの定岡さんにお会いしたいのですが」

少なくとも代表と面会するよりは簡単らしく、定岡とはすぐに応接室で対面できた。

「美能先生の委任状をお持ちと聞きましたが……つい先日も鑑定センターの所長さんが来られました」

「その人とは別働隊でしてね。わたしは九十九さんの人間関係を調べるよう依頼されています」

「しかし九十九さんは良く言えば孤高、悪く言えばワンマンでして、仕事をしていても必要最低限のことしか口にしませんでした。語れるほどの人間関係は構築されていませんでしたよ」

定岡の言説は氏家に告げた内容と同一だ。なるほど接点がなければ人間関係など作りようもない。それならば接点のある人間に直接訊くのが一番だ。

「しかし九十九さんはディレクターの肩書をお持ちだったのでしょう。だったら仮にワンマンだったとしてもプロジェクト内に部下がいたはずです」

「もちろん部下と呼べる存在はいますが、九十九さんの事件ではスタッフ一同が大きなショックと悲しみに暮れています。中には仕事が手につかなくなった者もおり」

「ああ、それは聞いています。現在も進行形の事件なのでスタッフを刺激しないようにとのことでしたね。しかし御笠さんの弁護のためには協力を惜しまないスタッフがいらっしゃるとも聞いています」

どうやら定岡は押しに弱そうなので、畳み掛けることにした。

「わたしのような探偵まで駆り出されているんです。弁護側に余裕がないのは察しがつくでしょう。事件を想起すれば仕事が手につかないのも分かりますが、御笠さんは仕事どころか二度と娑婆の空気を吸えなくなる惧れがある。ここは一つスタッフさんに有言実行をお願いしたいのですがね」

定岡の顔に動揺が走る。もうひと息だ。

「皆さんがどう対応してくれたかは、美能先生を介して御笠さん本人に伝わります。拘置所で恐怖や孤独と闘っている御笠さんには何よりのエールになるんじゃありませんか」

定岡が一度だけ頷いたのを見て、鳥海は交渉成立を確信した。

「承知しました。では以前九十九さんのプロジェクトに参加した者を呼びましょう」

「一つだけ。なるべく九十九さんと接する時間が多かった人をお願いします。九十九さんにどんな感情を抱いているかは不問にしてください」

特にややこしい条件をつけたつもりはなかったが、当該の人物が現れるまでに二十分ほどの時間を要した。ドアを開けて顔を覗かせたのは三十代と思しき女性だった。

「敷島奈留《しきしまなる》と言います。以前、九十九ディレクターの下で働いていました」

「どうぞお座りください」

勧めに従って正面に座ったが、敷島は明らかに緊張していた。

「リラックスしてください」

「わたし、探偵さんと話すのは初めてで」

「探偵と話し慣れている人間なんて碌なものじゃない。落ち着きませんか」

「正直、退職したといっても元の上司だし故人でもあるので」

つまりは死者に鞭打つような話があるという意味だ。

鳥海は何気なく部屋の中を見回した。天井近くに防犯カメラが一台。鳥海はポケットから太いペンシル状の盗聴器発見器を取り出す。小型ながら微細な電波信号を感知する優れものだ。他のフロアの電波を拾わないように感知レベルを1に落としたが、それでも信号灯が反応した。

敷島はこの部屋に防犯カメラだけではなく盗聴器が仕掛けられているのを知っているとみて間違いない。緊張している原因の半分はそれだ。

「中座を許された時間はどれだけですか」

「用件が済むまでです」

「そりゃいい」

言うが早いか鳥海はすっくと席を立つ。

「この近くで落ち着ける場所を知っています。今から移動しましょう」

「え。だけど勤務中」

「現上司の容疑を晴らすために協力するのも業務のうちでしょう」

半ば呆気に取られる敷島を無理に連れ出し、タクシーで馴染みの寿司屋へと向かう。

「お昼はまだですよね。だったらちょうどいい」

寿司屋はランチの客で賑わっていたが、店員に理由を告げると個室に案内してくれた。

「あの、このお店、結構お高いんですよ」

「経費で落ちるから大丈夫」

個室は防音仕様になっていて秘密が保たれる。ここなら会社や九十九に都合の悪い話も存分にできるだろう。

案の定、運ばれてきた料理を食べ始めると敷島は警戒心を解いた様子だった。

「九十九ディレ……さんの話でしたね」

「呼びやすい言い方で構いません」

「九十九ディレクターの下に二年いました。開発チームの中ではわたしが最長不倒記録だと思います」

「たった二年でですか」

「多くのスタッフは耐えきれずに配置転換を願い出ました。わたしだけですよ、九十九ディレクターが辞めるまで我慢していたの」

「我慢しなければならない上司だった訳だ。セクハラやパワハラでもされましたか」

敷島は意外そうな目でこちらを見た後、急に相好を崩した。

「そういうことをしたのなら少しは人間味も感じられたんですけどね。あ、別にセクハラやパワハラを容認している訳じゃありませんよ。ただ、もう少し心を開いてほしかったです」

「天才肌だったんですってね」

「肌じゃなくて天才そのものでした」

　小さめの握りをひと口に頬張ると、敷島は気持ちいいほど豪快に咀嚼する。

「毀誉褒貶《きよほうへん》の激しい人でしたけど、ことゲームクリエイターとしては唯一無二。その点は社内どころか業界の意見が一致しています」

「そんな天才なら嫉妬する同僚や同業者もいたでしょう」

「どうでしょうか。社内アンケートを取った訳じゃありませんけど、嫉妬というより羨望だったと思いますよ。競争相手にするには、あまりにもかけ離れているんで。逆に言えば九十九ディレクターに嫉妬できるほどの才能があれば大したものです」

「御笠さんも、大した人の一人ですか」

「他人の心は悪魔でも分からないって言葉がありますよ」

　これは否定か、それとも肯定か。

「ただ御笠ディレクターは九十九ディレクターとともに開発チームの両輪であったのは間違いないです。タイプはまるで違いますけどね。だから代表の娘さんが九十九ディレクターより御笠ディレクターを選んだという噂を聞いた時も、わたしたちはああなるほどなって思いましたもの」

「御笠さんは調整型の上司なんですね」

「ええ。対する九十九ディレクターはトップダウン型、と言うかワンマンそのもの。まあ声入れ以外の工程は全部ひとりでやっちゃうし、それが大ヒットするんだから誰も逆らえないという訳です」

「そのワンマン上司の下で二年も働いたのでしょう。何か秘訣がありましたか」

「ロボットに徹することですかね」

敷島は面白くなさそうに笑ってみせる。

「何を命じられても決して口答えしないこと。『承知しました、ディレクター』、『問題ありません、ディレクター』、『申し訳ありません、ディレクター』。とにかく従順で、イエスマンであること。これに尽きます」

「九十九さんは助言や具申を受け容れない上司だったんですね」

「天才に助言できる人は天才だけですよ。九十九ディレクターは自分の殻に閉じ籠っていましたしね」

やっと傾聴に値する話題が出てきた。

「殻に閉じ籠るというのは具体的にどういう行動を示していたんですか」

「プライベートな話は皆無だったんです。職場にいても一から十まで仕事の話をする訳じゃなくて世間話、たとえば家族構成とか家でペットを飼っているとかを話すじゃないですか。別に自慢じゃなくて潤滑油として」

「ああ、ありますね」

「九十九ディレクターの場合、そういう話題は皆無でした。ひたすら現在進行中のプロジェクトや自社作品のことばかり」

「プライベートな話題を避ける人は珍しくないんじゃないですか」

「それにしたって極端過ぎるんですよ。九十九ディレクターには入社時にも強烈なエピソードがあって、面接時には履歴書代わりに自作のゲームを持ち込んだんです。当時の面接官を務めた代表がその出来栄えに感嘆して即採用を決めたっていう話なんですけど、つまり九十九ディレクターの家族構成も出身大学も出自も誰一人知らないってことなんですよね」

敷島は溜まっていた鬱憤を吐き出すように喋り続ける。

「学閥が幅を利かせているような大企業はともかく、普通は出身大学なんてそんなに話題になりません。ただしウチのようなゲームメーカーになると、どこでゲームの基礎を学んだのかは結構参考になるんです。だけど九十九ディレクターの場合はそれすらも話題にできないので、コミュニケーション取るのが本っ当にしんどかったんです」

「普通生まれ故郷や学生時代の話は、聞かずとも本人の口から漏れそうなものなんですけれどねえ」

「九十九ディレクターは一切そういう気配がなかったですね。ずいぶん苦労しました。相手から情報を引き出すために、まず自分の側から情報を開示する手法があるのをご存じですか」

危うく鳥海は苦笑しそうになる。ご存じも何も自分が刑事だった頃、容疑者を尋問する際に使った手だ。

「わたし名古屋の生まれなので、味噌カツとか天むすの話をして興味を惹こうとしたんですけど、九十九ディレクターは仕事に関係ない話をするなと一喝するだけで、取り付く島もなかったです。大学時代の話をすると、昔話には興味がないってそっぽを向いちゃうし」

「聞く限りでは、興味がないと言うよりも話題にするのを避けているような印象ですね」

「それは最近になってわたしも少し思いました。でも当時はゲームの開発に余念がないんだって捉えていましたから」

「ゲーム開発だけでそこまでストイックになれるものなんですかね」

「他の人はともかく九十九ディレクターなら頷けますよ」

敷島は最後に残った握りを口中に放り込む。

「あのストイックさの裏打ちがあるからこその成果主義者でした。涙の痕や流した汗の量なんて関係ない。全てはソフトの売り上げだ。どんなに練られたソフトであっても売れなければただのクソゲーでしかない。開発にかけた費用はドブに捨てたようなものだし、人材は無駄な働きをしただけだ。そう公言して憚らなかったんです」

「はっきりしていますね」

「でもゲームソフトに限らず、エンタメに関わる仕事はみんな同じだと思いますけど、世の中何が当たるかなんて分からないじゃないですか。ウチにも戦略チームという部署があって企画の妥当性だとか市場アンケートの結果を参考に売り上げを予測しているんですけど、的中した例しがありません。市場は常に流動的だしお客さんはいつも移り気です。第一、売れるモノが事前に分かっているなら誰も苦労しません。潰れるゲームメーカーもありません。それなのに結果が全てだという考え方は冷徹過ぎると思います」

「確かにちょっと極端な気はします」

「でも実際に結果を残しているので誰も文句が言えない。誰も文句を言わないから九十九ディレクターの成果主義がまかり通る。その悪循環でした」

鳥海自身はモノ作りに携わったことがないので、敷島の憤慨ぶりが今一つ理解できない。ただ、血反吐を吐くような努力をしても一顧だにされない現実が、結果を出せない者にとって苛酷であるのは分かる。

「九十九ディレクターのような人にとって成果主義はうってつけですが、結果的に売れなかったソフト、結果を出せなかったプロジェクトに対しては辛辣になりました。何千万円もかけたクソゲーとか、プロジェクトに参加した人たちを給料泥棒とか平気で罵倒するんです。開発チームの中はぎすぎすするし、モチベーションだだ下がりの人は出るしで大変でした。御笠ディレクターに対してさえそうでしたからね」

「諌める人はいなかったんですか」

「定岡さんは静観を決め込むし、代表は代表で社員同士の競争を奨励していたから駄目でしたね」

「そんな環境なら九十九さんを憎む人がいたとしても不思議じゃない」

「さっきも言ったように他人の心は悪魔でも分かりません。だからわたしからの言及は控えます」

直ちに浮かんだのは御笠の名前だった。氏家も美能弁護士も御笠のために東奔西走しているようだが、だからと言って彼が無実であるとは限らない。

「ここ、鳥海さん馴染みの店ですよね」

「内密の話をする時には度々使っています」

「ということは、ここで話した内容は絶対外に出ませんよね」

「保証しますよ」

「では言っちゃいますけど、九十九ディレクターが死んで業界の損失だという人は多いです。でも開発チームの中では御笠ディレクターが逮捕されたことの方が損失だと考えている人の方が圧倒的に多いです」

そう言い放つと、敷島は憑き物が落ちたような顔をした。

「わたしの話、少しは参考になりましたか」

「本来、役に立たない情報というのはないんですよ。全ての情報は等価値です」

鳥海は茶を飲み干した。

「使う人間の度量次第で役立ちもするし、役立たずにもなります」

敷島からの聴取を終えた鳥海は、そのまま築地《つきじ》へと向かう。銀座《ぎんざ》に隣接している地域だが、オフィスビルの立ち並ぶサラリーマンの街という色合いが強い。

九十九は入社時に社宅へ引っ越したが、その前に住んでいた住所は入社試験の面接時に持参した住民票が残っていた。

そこで鳥海は記載された住所から通学可能な距離にある、ここぞと思う大学ならびに専門学校全てに照会をかけたのだ。

各学校の学生課に確認すること数時間、ようやく九十九の母校を探し当てた。〈東京電子デザイン専門学校　ゲーム制作学科〉。卒業生である九十九孝輔の名前は当該学生課にも知れ渡っており、照会は学生名簿を開くまでもなかった。

煩雑な作業はむしろその後に控えていた。当時から在籍している講師を捉まえ、九十九と親しかった学生を教えてほしいと粘りに粘ったのだ。

築地二丁目にある雑居ビルに辿り着くと、鳥海は三階フロアを目指す。ここで九十九の同窓生と会う約束をしていた。

〈プレアデス企画〉のプレートが掛かったオフィスを訪ね、空いた部屋で待っていると聴取相手がやって来た。

「初めまして。二ノ沢《にさわ》です」

偉丈夫でラグビーの選手もかくやという体形だ。立つと鳥海の頭が相手の首元にくる。

「九十九の件で証言を集めているということでしたね」

「是非ご協力ください」

「しかし探偵さんは弁護人の依頼で動いているんですよね。言わば九十九の敵側ということになる」

「九十九さんが殺されなければならなかった理由を探っています。それは必ずしも被告人に有利な情報にはならないでしょう」

「それはそうです。業界でも偉才で通っていた男です。全くもって惜しい才能を失くしました。いずれにしても殺人の動機は糾弾されて然るべきものでしょう」

「〈プレアデス企画〉さんもゲーム関連の会社なんですね」

「コンシューマーゲームのデバッグを主な業務としています。えーっと、説明が要りますか」

「できれば」

「ソフトウェア製品全般の不具合を検出・報告する仕事です。まあゲームメーカーさんの下請け程度に考えてもらえれば大きな間違いはありません。九十九のように華々しいクリエイターに比べれば闇夜のカラスみたいな仕事です」

自嘲的な物言いはゲームメーカーへの羨望か、それとも九十九への劣等感か。おそらく両方だろう。

「同じ専門学校を出たのに九十九とはえらい違いだとお思いでしょうね」

「申し訳ありませんが、ゲーム業界については全くの門外漢なんです」

「まあ、あんな男と比較されたら堪ったもんじゃありませんけどね。仮にわたしがゲームクリエイターであったとしても敵に回したくない」

「同窓生の誉れというやつですか」

「ちょっと違うかな」

二ノ沢は一拍おいて言葉を探しているようだった。

「鳥海さん、でしたっけ。ゲーム業界に詳しくないとのことですが、そうした類の専門学校を出ても希望職種にはなかなか就けない現実をご存じですか」

「資格を要しない業界は大部分がそうだと聞いたことがあります」

「ですね。ゲームクリエイターになりたいヤツ、声優になりたいヤツは専門学校に腐るほどいますが、その中で夢を摑めるのはコンマ何パーセントの世界ですよ。専門学校では知識と技術を教えてくれるけど、才能を伸ばしてはくれませんからね」

「知識や技術だけでは足りませんか」

「足りないどころか。クリエイターにとって一番必要なのは才能ですよ。知識や技術はその補完材料に過ぎません。スタート地点でもう持つ者と持たざる者の差は歴然としています。学生時分の九十九がそうでした。一頭地を抜く、じゃないな。まるで異星人ですよ。期末ごとに課題の提出ってのがあるんですが、いつも九十九は締切前の二日間で終わらせちまう。それまでは自作のプログラムに没頭しているんですよ。あいつが入学した動機だって、今まで独学だったから改めて基礎を習得し直したいだけだった。講師もあいつが相手ではやりにくそうでしたよ。やりにくそうなのは学生も同様で、しかも九十九は人を寄せ付けない雰囲気があるから尚更でした」

「しかし二ノ沢さんは親しかったのでしょう」

「他のヤツらよりも多少言葉を交わしたくらいのもんです。九十九にしてみればわたしも有象無象の一人に過ぎなかったでしょうね。その証拠に彼とゲームの話をした記憶がありません。もっぱら世間話に終始していました。話題がゲームでは対等な会話が成立しないのを九十九も知っていたんですよ」

そこまで卑下しなくてもと思うが、ここは二ノ沢が自由に喋るのに任せる。

「当時、ゲーム業界というのは憧れ産業の一つで、入ってくるヤツはみんな夢と希望ではちきれんばかりなんです。ところが一年経ち二年経つと、想像していた以上に業界の門が狭いことを思い知らされる。99パーセントの努力は1パーセントの才能にも及ばないと見せつけられる。もちろん頑張りはするけれど、己の限界を認めなきゃいけなくなる。就職の時期が迫っていますからね。諦めと妥協で、入学した時の目はすっかり落ち着いているという寸法です。そうなると、ますます九十九みたいなゲームを作るために生まれてきたような人間とは距離ができてしまうんですよ」

「しかし二ノ沢さんは他の学生とは違う接点があったんですよね」

「唯一の共通点は二人とも苦学生だったことですかね。わたしは実家の反対を押し切って専門学校に入ったものだから、仕送りは学費のみ。アパート代や食費やらはバイトで稼ぐ日々でした。対して九十九はと言うと、あいつは早くに家族を亡くしたと言ってました。だから学費も自分で稼いでいたから、わたしより生活がキツかったんですよ。バイトに明け暮れるから受講できる授業も限られ重なってくる。どの教室でも顔を合わせるから、自ずと言葉を交わす機会が他のヤツらより多くなる。彼と親しかったというのは、つまりそういう事情です」

「それでも嗜好やひととなりくらいは知れたでしょう」

「さあ、どうでしょうね」

二ノ沢は降参とばかりに両手を挙げてみせる。

「九十九の頭の中は二十四時間、自作のゲームのことで一杯だったようです。わたしとの世間話なんて挨拶くらいにしか認識していなかったんじゃないかな。好きな女性のタイプやら食い物の好き嫌い、流行っている映画やコミック。ゲーム業界に憧れる人間だったら当然するようなオタク話すらした記憶がありません。わたしが彼について知っているのは古今東西のゲームについての造詣の深さと、独特の着眼点。それから……」

ふと言い淀んだのを鳥海は聞き逃さない。

「どうかしましたか」

「いや、今思い出しました。九十九の別の異質さをです。あいつはわたしたちと異なる価値観を持っていました。まあ、それがあいつの天才たる所以《ゆえん》かもしれませんけど」

「どんな風に異なっていたんですか」

「自分が築き上げたものにまるで執着心がないんですよ。新しいゲームを作るためなら、それまで習得してきた知識や技術を全否定するのも厭わなかった。大抵の人間は自分の知見の延長線上でモノを考えるんですが、九十九は恐ろしいくらいに自分の資産を捨て去ることができた」

氏家の話によれば九十九は退職時、己が関わったプロジェクトの資料から試作品、果てはメモ一枚に至るまで全てを破棄したらしい。そうした執着心のなさは学生時代から培われたものだったのだろう。

「そういう思いきりのよさも天才ならではだと思います。だからわたしがデバッグの仕事に就き、九十九の活躍を平静に観察できたのは、別の世界の住人という意識があったからに他なりません。悲しいかな、嫉妬するにもある程度以上の資格が必要なのですよ」

4

翌日、鳥海は名古屋に向かっていた。

美能弁護士が職務上請求の手段で九十九の戸籍を請求してくれたお蔭で、彼が専門学校に入学する以前の情報が判明したからだ。

名古屋駅から市営桜通《さくらどおり》線で十五分、昭和《しょうわ》区御器所《ごきそ》に到着した。ここは九十九が中学から高校までの六年間を過ごした場所だ。

該当地は小規模店舗と住宅が混在しており下町商店街の雰囲気を今に残していた。目指すところはその一角にある。

〈九十九屋〉の看板を掲げる金物店のドアを開けると、店の主人がレジの後ろに立っていた。

「電話を差し上げた鳥海です」

「いらっしゃい。九十九平吾《へいご》です」

九十九平吾はレジ台から居宅部分に移動する。最近では珍しくなった、高さ三十センチの上り框に腰かけたので、鳥海もそれに倣う。

「わざわざ東京から来られたんですね。ご苦労様です」

齢は四十代前半だろうか、そろそろ髪には白いものが混じり始めている。

「孝輔のことを訊きたいということでしたね。事件に関係してですか」

「ええ」

「孝輔が殺されたのはニュースで知りました。最後まで幸薄いヤツだと思いました」

「孝輔さんは十二歳から六年間をこちらで過ごしていますよね」

「そうです。ただわたしとはニアミスで同居していませんでした。わたしが大学生になると同時に孝輔がやって来たので、すれ違いだったんですわ」

鳥海は少し落胆した。それなら思春期の九十九については伝聞に頼らざるを得なくなる。

「ウチの父親が孝輔の父親とは腹違いの兄弟だったんで、わたしと孝輔は従兄弟になります。孝輔を引き取ったのはそういう血縁関係だったからですが、わたしが家から出るタイミングと合致したという事情もあったみたいです」

「じゃあ一緒に生活したことはないんですね」

「たまに帰省した時に顔を合わす程度で。親父が死んで後を継ぐために帰った時には、孝輔が東京に行ってしまった後だったので、またもやすれ違いですよ」

ではますます接点がなかったことになる。

「ただ従兄弟ですからね。顔を合わせた時には暮らしぶりを聞いたり、まだ存命中だったオフクロにどんな生活をしているか確かめたりはしました」

「どんな暮らしぶりだったのでしょうか」

「ひとつ屋根の下の他人、ですかね。何しろ叔父といってもそもそもが腹違いだから、孝輔の実家とも疎遠気味だったんですよ。しかし彼を引き取る段になって、親戚と呼べるのがウチしかなかったから仕方なしに、というのが実情らしいですねえ。オフクロなんかは露骨に迷惑がっていましたから」

遠縁の男児、望まぬ養子縁組。養い親の暴力。胸糞の悪い状況が容易に想像できる。

「不遇、だったのでしょうか」

「家庭内での虐待を疑っておられるのなら、それはなかったと思いますよ」

平吾は苦笑交じりに否定した。

「ご近所の目もありますし客商売ですからね。妙な噂が立ったら商売に影響を及ぼします。三度三度の食事は出したし、学費も捻出したそうです。ただまあ、愛情を持って育てたかと言えば違うでしょうね。たまに顔を合わせるだけでしたが、孝輔が家に馴染んでいないのは聞かずとも分かりましたから。あいつはあいつでゲームばかりやっていて碌に話をしようともしないし、親父もオフクロも彼に対する態度がよそよそしかったですしね」

「孝輔さんがこちらに引き取られた経緯をまだ聞いていませんでしたね」

「ひと言で言えば母親の育児放棄ですよ」

平吾は不味いものを舌に載せたような顔をする。

「孝輔が五歳の時に父親が亡くなり、しばらくは母親が女手一つで育てていたみたいですね。ところがある時期からあまり孝輔の面倒を見なくなり、児童養護施設の厄介になったようなんですね」

養い親ではなく生みの親の方の虐待だったか。

「そんなことが何度も続いたので児童相談所と実母が協議の上で、ウチへの養子縁組を決めたそうです。どっちにしても孝輔には酷な話だったと思いますよ。迷惑がったオフクロが結局は孝輔の引き取りに応じたのも、そういう事情があってのことだったからだと想像できます」

伯父の一家に馴染めないのも無理はない、と思った。当時孝輔は十二歳、普通でも難しい年頃だ。

「孝輔が不遇だったのではというお疑いを即座に否定したのには、もう一つ理由があります。ウチの両親と打ち解けた素振りはなかったけど、決して不幸を身に纏っているようにも見えなかった。あいつはゲームさえしていれば他のことはどうでもいいように見えたんです。孝輔は長じてゲームソフトの会社に就職した訳ですが、当時を知っているわたしに言わせればなるべくしてなった職業ですね。ゲーム屋以外の商売をしている孝輔なんて想像もできない」

平吾は九十九がゲームクリエイターになったことを寿いでいるようだが、鳥海は疑問に思うところがある。

九十九がゲームに熱中したのは生まれついての資質がそうさせたからなのだろうか。同じ開発チームの敷島は彼を天才と褒め称えた。同期生の二ノ沢は異質な才能と評した。そして平吾はゲーム以外に興味がなかったと証言した。三者に共通するのは、それぞれが積極的な理由でゲームに没頭していったと捉えている点だ。天才、異星人、なるべくしてなった。

だが本当にそうだったのだろうか。

「孝輔さんとやり取りはあったんですか」

「今説明した通り、ほとんど接点もないし、第一わたしは孝輔の住所も知りませんでした。年賀状のやり取りすらなかったですね。薄情だと思われるかもしれませんが、孝輔は社会的に成功していています。今更縁遠い従兄弟に親しげにされても迷惑なだけですよ」

平吾の口調が一段落ちる。

「そうだよなあ。社会的に成功したと思ってたんだよなあ。だけど殺されたそうじゃないですか。それも一人っきりゴミの山に埋もれた部屋で。痛かったろうなあ。寂しかっただろうなあ」

「孝輔さんは人から恨まれるような人物だと思いますか」

「接点がないわたしには答えようのない質問ですね。孝輔が恨まれていたかどうかは知る由もありません。ただ、あれだけ他人との間に壁を作る癖が続いていたとしたら、誤解されやすくはなっていたでしょうね。誤解からでも諍いは起こるものですから」

誤解、か。

鳥海はこの言葉もまた疑問に思う。本人の本意とは相反する印象を持たれるのが誤解だと仮定して、九十九が垣間見せる印象が果たして誤解と言えるかどうか。もしや九十九が意識的に社交性のなさを擬態している可能性はないか。

「そう言えば、容疑者の御笠という男は孝輔の元同僚らしいじゃないですか」

「ええ。同じディレクターという肩書でした」

「同じ職場で働いていた同僚なら、犯人というのも頷ける話です。ゲームの業界で優遇され、おまけに誤解されやすいときたら、殺される理由が二つもある。嫉妬か憎悪のどちらかでしょう」

平吾は大きく嘆息してみせた。

「嫉妬も憎悪も孝輔には縁遠い感情だった。その縁遠い感情の縺《もつ》れで殺されたとしたら、えらく皮肉な話だ。そう思いませんか」

仮定の話には答えようもないと思ったが、口にはしなかった。


最後の訪問先は同じく名古屋市の中区《なか》新栄《しんさかえ》だ。市内随一の繁華街である栄《さかえ》に隣接しながら高層住宅は数えるほどしかなく、メインストリート沿いにも民家が混在している。

九十九孝輔が出生から十二歳まで住んでいた本籍地がここだった。ただし住まいは既に跡形もない。鳥海が該当地に辿り着くと、そこは駐車場になっていた。

周囲には古い低層住宅が立ち並ぶ。九十九が少年時代に見たであろう情景が薄ぼんやりと想像できる。

駐車場の隣は〈安江《やすえ》〉の表札が掛かった民家だった。何度か増築をしたらしく、歪な不整形をしている。インターフォンを押すと、噂好きそうな老婦人が顔を出した。

こういう相手には最初から身分を明らかにした方がいい。鳥海が名刺を差し出すと、安江夫人は物珍しそうに表情を輝かせた。

「あら、探偵さんなの。あたし、探偵さんって初めて見るわ」

「探偵と言っても、失せ物探しや浮気調査くらいですけどね」

「これも浮気調査なの」

「ご近所の昔話を集めています」

「それなら、あたしの得意分野」

「お隣、今は駐車場ですが、昔は家があったんですか」

「ずいぶん前になるけどアパートが建っとったねえ。そやけど昭和の時分の建築で老朽化していたから取り壊しになってそれっきり」

「大家さんの連絡先はご存じですか」

「大家さんも高齢だったから、アパートの取り壊しと前後して亡くなったわ。息子さんが相続したんだけど、新しくマンションを建てる余裕がなかったのか月極駐車場になっちゃった」

大家からの聴取も不可能か。

「そのアパートに住んでいた九十九という一家を憶えていませんか」

「九十九さん。ええ、憶えとりますよ。ご夫婦と男の子の三人暮らしやったねえ」

「男の子の名前は」

「孝輔くん、やったね」

有難い。安江夫人の記憶力は確かのようだ。

「九十九さんとはよく話をされたのですか」

「あたしの息子が孝輔くんと同い年やったもんでね。旦那さんは会社、奥さんは昼から夕方までパート勤めやから、物心つく頃は孝輔くんと話すことの方が多かったなあ」

「どんな子だったんですか」

「無口でね。あたしが話し掛けても短い返事をするくらいで、大抵はゲームばっかりしとったね。あんまり騒ぎもせんしさ。同い年の子どもを持つ者としたら、どうしても気になるわ。それでも小学校に入る前は結構笑ってたりもしとったけど、五歳の時、旦那さんが亡くなりんさってさ。保険も未加入だったとかで急に生活が苦しくなったみたいね」

「事故ですか」

「ううん、脳梗塞である日ぽっくり。病院に担ぎ込まれた時にはもう手遅れやったみたい」

九十九は小学校に入る前、父親を失った。ゲームに傾倒したのは、それが一因だったのかもしれない。

「旦那さんが亡くなっても、母子二人でアパート暮らしを続けとったの。まあ二人暮らしのままやったら、まだ孝輔くんにはよかったかもしれんねえ。ある時期からね、奥さん他の男の人を連れ込んだのよ。パート先の知り合いって言っとったけど、まあ内縁の夫よね。それから九十九さんの一家は変わっていったのよ」

よくある話だと思った。よくある話で先が読めるので、早くも胸糞が悪くなり始めた。

「幼少時代の孝輔さんは何度か児童養護施設に預けられたと聞いています」

「預けられて良かったのよ。あの家に居続けたら、いつか孝輔くん、死んじゃうんじゃないかと思った」

「虐待ですか」

「あたしがその現場を見た訳やないけど、何度も児童相談所の職員さんが訪問しとったからね。随分暴力も受けていたみたい」

安江夫人は少年期の九十九を語る平吾と同じような顔をする。

「奥さんの同僚という男がまあ、絵に描いたような人間のクズでさ。奥さんを金づるにしたと思ったのか碌に働きもしなくなって、平日の昼からパチンコ三昧。負けた日には顔つきが不機嫌そうだったもんで、見ただけで勝ち負けが分かったくらい。奥さんが帰宅するまでは、そんな男が孝輔くんと暮らしとるのよ。あの男が孝輔くんの世話をするはずないじゃない。奥さんは奥さんで一人で家計を支えんといかんし、男からは都合いいように扱われるしで、育児に手が回らんようになったのかなあ」

それで育児放棄に至ったという訳か。これもありがちな話で嫌になってくる。

全国には九十九孝輔と同様な虐待を受けている児童が少なくないと言う。独り身の鳥海に何ができる訳でもないが、無性に腹が立ってくる。

「孝輔くんがゲームに血道を上げるようになったのは、ちょうどその頃やったね。とにかくねえ、一心不乱にゲーム機に向かっとるのよ。子どもながらに鬼気迫る顔をしとってさ、声を掛けるのも躊躇するくらい。他人が当事者の気持ちを詮索するなんていい趣味とは言えんけど、ゲームをやってる時だけが、あの子の幸せだったような気がするのよ」

「小学校卒業を機に、孝輔さんは親戚に引き取られたと聞いています」

「うん。児童相談所が奥さんと話し合った末に決めたの。でも一筋縄じゃいかなかったのよ。内縁の夫が恥晒しになるから断れって大騒ぎ。隣のウチまで怒鳴り声が聞こえたもの。九十九の奥さんも戦々恐々やったと思いますよ。その頃には、もう完全に男の言いなりみたいやったから。でも最後はやっぱり母親としての責任を見せてくれて、養子縁組を承諾したってこと」

安江夫人の物言いに若干の引っ掛かりを覚えた。

「育児放棄の上、一人息子を養子に出すのが母親の責任ですか」

「母親だから養子に出すのを決めたのよ。自分にはもう育てられない、自分は母親失格だと公に認めるようなものだもの。自尊心や世間体、ついでにこの場合は内縁の夫への遠慮もかなぐり捨てて、孝輔くんの将来を優先したっていうことなの」

「そう言われると、何だか美談のような気もしますね」

するとと安江夫人の目が意地悪く光った。

「そんなに九十九の奥さんが母親失格だと思いますか」

「男の勝手な言い分かもしれませんが、どうも彼女が無責任である感を拭えませんね」

「何事にもきっかけがあるんですよ。さっき探偵さんは、孝輔くんの小学校卒業が養子縁組のきっかけだったみたいに言ってたけど、実際は少うし違うのよ」

「別の何かがきっかけになったんですね」

「門松が取れた頃の話でしたかね。ある時、内縁の夫が奥さんを叩くか蹴るかしたらしいの。普段はそれっきりで終わるはずだったんだけど、その日に限って孝輔くんが盾突いたらしいの。男に向かって突進して叩いたんだってね。今まで抵抗されたことのない男が逆上して、孝輔くんをゲンコツで殴り出して、それを奥さんが止めに入って。翌日、孝輔くんの顔はぱんぱんに腫れ上がっていた。もう言っちゃいますけど、その時児童相談所と警察に通報したのはあたし」

安江夫人は少し誇らしげに己を指差してみせる。

「男と奥さんは示し合わせて児童相談所の担当者とお巡りさんを説得したみたいやけど、もうこれが限界と悟ったんやね。男の暴力を不問にする一方、孝輔くんの養子縁組の話を進めた。これが真相」

「自分では育てられないのと、もう一つは男からの暴力から避難させる目的があったという訳ですか。そんなまどろっこしい手順を踏むくらいなら、いっそ男を警察に突き出してしまうなり放り出すなりしてしまえば一件落着のような気がしますが」

「それができるくらいなら最初から苦労はせんでしょ。世の中には、そういう女もいるんですよ」

「孝輔さんが親戚に引き取られた後、母親と男はどうなりました」

「九十九の奥さんはつくづく運のない人でねえ。孝輔くんと別れて六年目、ちょうどあの子が高校を卒業する年に二人揃って高速道路で事故って二人とも即死。二人の葬式に孝輔くんが参列したのかどうかまで、あたしは聞いとらんけどね」

今までの話しぶりから、安江夫人はその後九十九孝輔がゲーム業界で名を馳せた事実も、アパートの一室で殺害された事件も知らずにいると思えた。

世の中には敢えて知らせない方がいいこともある。九十九孝輔の幼少時代を知っている者には尚更だ。

「興味深い話を聞けました。ご協力ありがとうございました」

退出しようとした時、背中に声を掛けられた。

「教えてちょうだいよ、探偵さん。探偵さんが孝輔くんの話を集めているのは縁談があるからでしょ。孝輔くんの相手がいい人なら嬉しいけど」

「そうですね」

適当に話を合わせたが、却って虚しくなった。

不意に敷島の証言が脳裏に蘇った。

『わたし名古屋の生まれなので、味噌カツとか天むすの話をして興味を惹こうとしたんですけど、九十九ディレクターは仕事に関係ない話をするなと一喝するだけで、取り付く島もなかったです』

名古屋にいい思い出は何一つない。九十九が敷島の話を一蹴した理由も今となっては納得できる。

隠れていた九十九孝輔の過去は、これである程度明らかになった。依頼内容を鑑みれば我ながら過不足ない収穫を得られたと自負できる。

だが、美能弁護士や氏家にとって有益かどうかは判断がつかなかった。いずれにしても依頼主が判断すべき事柄だと割り切り、鳥海は帰路に着いた。

四　隠された証拠

1

十月一日、東京地裁。

この日、九十九孝輔事件の初公判が行われる運びとなっている。弁護人の美能は合同庁舎八階に向かっていた。フロアのやや端に位置する八一八号法廷が本日の戦場になる。

入廷すると既に傍聴席は満席だった。全員がマスク着用で中にはサングラスをしている者もいる。新型コロナウイルス感染症拡大防止のため、法廷内ではマスク着用が義務付けられているので当然と言えば当然なのだが、数年前なら風体の怪しい人物の集団にしか見えない。ただし普段は司法記者で占められるはずの席に、いかにも不慣れな様子の傍聴人が目立つ。

美能が事前に仕入れた情報によれば、著名なゲームクリエイターが殺害された事件であり、ゲーム業界の関係者が傍聴席の争奪戦に加わったとのことだった。刑事事件に慣れた者には異物感があるだろうが、美能は然《さ》して苦には感じない。むしろ部外者の存在を意識して却って緊張が解れるくらいだ。仔細に眺めれば、氏家の顔も確認できる。

ところがその緩和も束の間だった。向かって左側に槇野検事が座っていた。こちらとは目礼を交わすだけで、すぐに視線を書類に落とす。お前など眼中にないといった態度が美能を萎縮させる。

ややあって刑務官に付き添われて御笠が姿を現した。腰縄と手錠で拘束された姿は本人の憔悴ぶりと相俟ってひどく哀れに見えた。

「よろしくお願いします」

御笠は小さく頭を下げてから美能の隣に腰を落とした。

「ご起立ください」

廷吏の合図で廷内の全員が立ち上がり、やがて壇上の裁判官席に彼らが登場する。

南条実希範裁判長、右陪審平沼慶子裁判官、左陪審三反園浩志裁判官、そして六人の裁判員たち。裁判は被告人を挟んだ弁護側と検察側の争いだが、その中心は裁判官であることをまざまざと印象づけるセレモニーだ。

南条裁判長たちが着席するのを見計らい、廷吏が全員に着席を促す。この時点でようやく御笠の手錠が外される。やはり傍聴に不慣れな何人かは戸惑いの表情で周囲に合わせている。

「では令和二年（わ）第二五二四三号事件の審理を始めます。被告人」

呼ばれて御笠が立ち上がる。最初は人定質問だ。

「あなたの住所、氏名、生年月日、本籍地を言ってください」

「東京都港《みなと》区芝浦《しばうら》三丁目八─十一、御笠徹二。昭和六十年五月二十日生まれ、本籍地は東京都西多摩《にしたま》郡瑞穂《みずほ》町《まち》大字《おおあざ》箱根《はこね》ヶ崎《さき》一二〇七番地です」

「これよりあなたに対する殺人被告事件についての審理を始めます。検察官、起訴状の朗読をどうぞ」

槇野が立ち上がって朗読を始める。

「被告人は令和二年五月初め、東京都荒川区東日暮里四丁目十一─十五、〈すめらぎハイツ〉２０２号室において同入居者九十九孝輔を殺害した。罪名および罰条　殺人　刑法第１９９条」

「被告人。あなたの廷内における権利は次の通りです。一、終始沈黙できること。二、個々の質問に対して陳述を拒むことができること。三、陳述することもできること。四、あなたが陳述した内容はあなたに有利であると不利であるとを問わず証拠となること。以上です。何か不明な点はありますか」

「ありません」

「その上で尋ねますが、今検察官が読み上げた公訴事実に間違いはありますか」

「全然違います」

それまで弱々しかった声が、俄然張り詰めたものになる。

「わたしは九十九孝輔の部屋に入ったこともなければ、ましてや彼を殺してなどいません。わたしが逮捕されたのは何かの間違いです」

「弁護人の意見はいかがですか」

この法廷における最初の発言だ。美能は腹に力を溜めて声を出す。

「被告人と同様です。被告人が被害者を殺害した事実はなく無罪であります」

「それでは審理に入ります。検察官は冒頭陳述をどうぞ。被告人は席に戻ってください」

槙野はすっくと立ち上がる。第一ラウンドのゴングが鳴った瞬間だった。

「検察官が証拠により証明しようとする事実は次の通りです。被告人御笠徹二はゲームメーカー〈レッドノーズ〉に入社し、ゲーム制作のディレクターにまで昇格しました。被害者九十九孝輔は同期であり同じくディレクターでしたが、九十九孝輔はゲーム制作工程のほとんどを単独でやってのける技量と才能の持ち主で、しかも手掛けたソフトは大ヒットを記録しました。同じディレクターである被告人は九十九孝輔に嫉妬し、殺害の機会を窺っていました」

陳述内容は御笠の供述に沿っているものの、槙野の口を通すと悪意の存在を仄めかしているように聞こえる。もちろん裁判官や裁判員の心証を意識してのものだろうが、堂に入ったものだと少し感心する。

「被告人は五月某日、被害者宅に侵入し、被害者を殴殺、そのまま現場から逃走しました」

検察側のウィークポイントになるとすれば、この部分だろう。死体は二カ月放置されてほぼ白骨化していたため、正確な死亡日時は不明のままだ。死亡日時が不明なら、当然アリバイを追及することもできない。殺害に至る経過や状況も説明できないので、経緯を陳述しても具体性を欠く有様だ。

「尚、被告人は女性関係についても被害者と争っており、この三角関係が殺害の動機に加わったことも陳述しておきます。犯行後、被告人は何食わぬ顔で件の女性と関係を続け、被害者への嫉妬と三角関係の清算という二つの目的を完遂させたのです」

槇野はひと息吐くと、裁判官席に視線を送る。自分の弁舌の効果を確かめているのだろう。

「以上の事実を証明するため、証拠等関係カードに記載の各証拠の取り調べを請求いたします」

「弁護人の意見はどうですか」

「甲七号証は不同意ですが、その他は同意いたします」

「それでは同意のあった書証は全て採用して取り調べます。弁護人、要旨の告知でよろしいですね」

「はい、結構です」

「検察官、要旨の告知をしてください」

続いて槇野が乙号証と甲号証について各々説明する。この件は、散々捜査資料を読み込んだ関係者にとっておさらいのようなものだ。美能は提示される証拠物件につき、「同意します」と答え続ける。

美能の答えを確認した南条裁判長は検察側の請求した証拠を全て取り調べることを決定した。

通常、証拠調べの方法は次の三つだ。
・書類　検察官や弁護士が全文を朗読するか要旨を説明する。
・証人　検察官や弁護士が法廷で尋問する。
・証拠物　裁判官にその物を示す。
初公判という事情もあり、今回は書類で説明することになっている。

淡々と進んでいた槇野の弁が甲六号証の説明を終えた途端に調子を変えた。

「甲七号証についてては弁護側の同意を得られませんでした。内容は被告人の体液が付着したティッシュで、現場から採取されたものです」

槇野は裁判官席に向かって言う。

「本案件においてこの甲七号証こそは、被告人が被害者宅に押し入ったという証拠であります」

「検察官は証人尋問を行いますか」

「はい。証人請求を行います」

「どうぞ」

槇野の呼び出しで入廷してきたのは、おどおどとどこか小動物を思わせる青年だった。

「証人は氏名と職業を言ってください」

「はい。小泉正倫。警視庁科学捜査研究所に勤めています」

「署名押印した宣誓書を読み上げてください」

「宣誓。良心に従って真実を述べ、何事も隠さず、偽りを述べないことを誓います」

宣誓が済むと検察側からの主尋問が始まる。事前に打ち合わせをしたはずと思えるのに、やはり小泉は表情を硬くして目を泳がせている。

彼の視線の先を追って合点がいった。何故か小泉は傍聴席に座る氏家を気にしているのだ。

「証人。あなたは科捜研にお勤めということですが、何年目になりますか」

「十年目になります」

「十年目となると、もうずいぶん仕事には慣れているんでしょうね」

「自分では慣れたと思っています」

「今回の事件では分析を担当しましたか。したとすれば何の分析ですか」

「甲七号証と呼称されている物的証拠の分析です」

「具体的にはどんな物的証拠なのでしょうか」

「殺害現場に落ちていた、丸めたティッシュです。誰か鼻をかんだようです」

「鼻をかんだようだというのは、どうして分かるのですか」

「体液が付着していましたから」

「その体液を分析したのですね」

「はい。分析してDNA型を特定しました」

「それはどのような分析方法でしょうか。一般の人にも理解できるように説明してください」

小泉はわずかに逡巡を見せたが、慎重に言葉を探すようにして説明し始めた。

「PCR（Polymerase Chain Reaction）増幅法と呼ばれ、縦列反復配列多型、ええと『シングルローカス』を指標としたものです」

「もう少し分かりやすくお願いします」

一瞬、槇野が苛立ちを見せる。

「シングルローカスというのは個人に特有なDNA配列なのですが、これを短時間に多量に増幅して分析しようというものです。犯行現場から採取される試料は大抵の場合は微量なので、従来のサザンブロット・ハイブリダイゼイション法によるDNA型分析では対応しきれないんです」

「採用された分析法は信用性が高いのでしょうか」

「現在、犯罪捜査における個人識別の他、親子鑑定のDNA型分析法、または骨髄移植に際しドナー細胞の生着を判定するための指標として応用されています」

上手い答弁だと思った。専門家臭の抜けない生硬な説明ながら、信用のおける分析法であるのは伝わっている。検察側の提示する証拠が信頼できるものであることを裁判官と裁判員に印象づけるのに成功している。

「ではその分析法で、ＤＮＡ型が一致した個人はいましたか」

「いました」

「一致したその人物は誰ですか」

「検察側から提供を受けた、被告人の試料のＤＮＡ型が一致しました」

「ティッシュに付着していた体液は被告人のものであると断定できるのですね」

「できます」

「尋問を終わります」

「弁護人。反対尋問はありますか」

「あります」

「どうぞ」

呼吸を整え、美能はゆっくりと立ち上がる。反撃の狼煙はここからだ。

「証人は、比較対象とすべき試料を検察側から提供されたと証言しましたね。それは確かですか」

「確かです」

「提供された試料が被告人のものであると断言できる根拠はありますか」

小泉は目に見えて動揺する。

「わたしたちは送られてくる試料を分析するだけです。採取される現場に立ち会っている訳ではありません」

「根拠があるかどうかだけを答えてください」

「根拠は試料に添えられた番号です。一覧表に明示された番号で、我々はその番号で個別認識しています」

「結構です」

甲七号証の信頼性に可能な限り揺さぶりをかける。初歩的な抗弁だが、しないよりはした方がいい。

案の定、槇野の手が挙がった。

「異議あり」

「どうぞ、検察官」

「ただ今の弁護人の疑義につきましては、既に提出済みのＤＮＡ鑑定報告書にサンプル採取者の詳細と採取までの経緯が詳述されています。一読いただければ弁護人の疑義が的外れであることが理解できます」

槇野は涼しい顔で言う。弁護側と検察側という対立関係を抜きにしても、親しくなりたいと思える相手ではない。

「裁判長」

「何でしょうか、弁護人」

「甲七号証について再度反対尋問をよろしいでしょうか」

「どうぞ」

「甲七号証が被告人のものであるらしい、という説明は理解できました。それでは、証人は甲七号証以外にも物的証拠の分析を担当していますか。もしくはその全容を知らされていますか」

「現場で採取された試料は膨大な量に上ります。科捜研のメンバー総出で対処しても数週間費やしたほどです。わたし一人が担当するのは物量的に到底無理です。しかし、全体としての報告に関しては共有化されているので、全容を知らない訳ではありません」

「では、被害者の着衣から被告人の体液もしくは指紋が検出された、もしくは被告人の着衣から被害者の体液が採取された事実はありますか」

「……ありません」

「現場から被害者を殴殺したと思しき凶器は分析に回ってきましたか」

「いいえ」

「凶器が分析に回っていないのは、そもそも凶器が見つかっていないからだと思いませんでしたか」

「思いました」

「裁判長」

「検察官、どうぞ」

「弁護人は証人から印象を引き出そうとしています」

「認めます。証人は自分の考えや想像を証言する必要はありません」

「終わります」

美能は満足して腰を下ろす。検察側の提示した証拠に凶器がないのは最初から分かっているが、今の尋問はそれを強烈に印象づけたはずだ。

そもそも供述調書でも御笠は犯行を否認している。争うべきアリバイも凶器も存在しない。存在するのは状況証拠のみで、検察は碌な物的証拠もないのに御笠を有罪に持ち込もうとしている。その事実を露呈させれば、裁判官と裁判員は必ず慎重な結論を出すはずだった。

「裁判長」

またしても槙野の手が挙がる。満面に余裕を湛えているのが小憎らしい。

「何でしょうか」

「弁護人の尋問以前に、甲七号証についての要旨の告知が不充分でした。今からでも補完したいのですが、よろしいでしょうか」

「どうぞ」

「先刻、甲七号証こそは被告人が被害者宅に押し入ったという証拠であると申し上げましたが、これは被告人の供述内容に基づく主張です。被告人は殺害および現場への侵入を逮捕当初より一貫して否認しております。部屋に侵入していないから殺害もしていない。つまり侵入と殺害がワンセットであることを認めているのです」

くそ。

そういう論法でくるか。

「ところが甲七号証の存在によって、被告人が現場に足を踏み入れていないという主張は見事に瓦解しております。侵入と殺害がワンセットであるのなら、やはり被告人の否認には矛盾が生じるのです」

槇野の理屈は筋が通っている。この理屈を覆すには、御笠が九十九の部屋を訪れながらも殺害はしていないと供述内容を翻す必要が出てくる。すると乙四号証である供述調書は偽証だと証することになり、結果的に御笠の心証を悪くしてしまう。どちらにしても御笠には不利に働くことになり、弁護側は自家撞着に陥ったかたちだ。

南条裁判長がこちらを一瞥する。今の要旨の告知について反論はないかと窺っているのだ。弁護側には反論のカードが不足している。美能は押し黙るより他になかった。

「検察官、弁護人。次回は十月十五日でよろしいでしょうか」

「結構です」

「結構です」

「では次回を十月十五日と設定します。閉廷」

南条裁判長以下、二人の裁判官と六人の裁判員たちが後方のドアから消えていき、御笠は再び手錠を嵌められて刑務官に連れていかれる。彼の丸まった背中がひどく小さく見える。

ふと傍聴席の氏家と目が合った。氏家はジェスチャーで食事に誘っていた。

東京地裁・東京高裁の地下には食堂がいくつか入っている。二人はそのうちの一軒に入った。メニューを見るとスペシャルランチがよさそうだった。イワシ、白身魚、イカのフライにタルタルソースと刻みキャベツ、紫キャベツ、水菜のサラダが添えられ、更に小鉢と飯と味噌汁が付いている。これで八百円なら安い方ではないか。

正面の奥、中庭に臨む丸テーブルに荷物を置き、受け取りカウンターに戻るとトレイに料理が載せてあった。メニューの写真とは少し違うようだが、今はあまり気にならなかった。

テーブルを挟んで、二人は箸を動かす。沈黙が重たくなるのは避けられなかった。

「先ほどの弁論、氏家さんのジャッジはどうでしたか」

「まだ初公判ですよ。そんな段階で自己判定する必要もないでしょう」

言外に弁護側の分が悪かったと告げているのだ。美能は二の句が継げずにいる。

「犯行に結び付く最も有効な証拠物件が丸められたティッシュしかないんです。検察は甲七号証として最大限利用しようとするでしょう。当然のことですよ」

「証言台に立った小泉という技術職員は氏家さんの知り合いですか」

「何度か会っていますよ」

「彼は優秀なのでしょうか。DNA鑑定に関しての説明は生硬ながらも澱みがなかった。採用されたPCR増幅法が如何に有用なのか、非常に説得力がありました」

「DNA型の分析法にはPCR増幅法を含め、代表的なものが五つあります。最近では単座位反復配列の反復数の相違だけでなく、反復配列内の塩基配列の個人的相違を多型として分析するデジタルDNA型分析法があります。その他にもミトコンドリア中に存在するDNAのDループ内の塩基置換を指標としたミトコンドリアDNA多型分析法も開発されています。聞いた噂では科捜研でも導入を検討しているようですが」

「その口ぶりだと、既に〈氏家鑑定センター〉では導入済みなのですか」

「科学捜査の世界は日進月歩です。新しい技術が実用化されているのなら導入しない手はありません」

「しかし警視庁科捜研では導入していないのでしょう」

「予算と人手の問題でしょうね。小泉くんの説明にもありましたが、ＰＣＲ増幅法は比較的鑑定が早いですからね。日常業務の簡易化は新技術の導入よりも優先順位が上なんです」

氏家はイカフライを齧りながら事もなげに言う。美能が人伝に聞いた話だと、氏家は科捜研の優秀な職員を次々に引き抜いているらしい。それが本当なら科捜研が人手不足に陥っている元凶は当の氏家ではないか。

「小泉くんも複雑な心境だと思いますよ。民間では最新の技術を駆使して分析できるのに、自分の職場では型落ちしたような設備しかないんですから。彼の説明に澱みがなかったのは、あまりに使い古した技術だからですよ」

感情を交えず淡々と論評するさまは、氏家らしい所作だと思った。

ふと美能は気づいた。

氏家と小泉は経験値も違えば立場も違う。だが技術を説明する口調には共通するものがある。何のことはない、二人とも科学捜査という分野では所謂オタク気質に近いものを有しているのだ。

「小泉さんもヘッドハンティングするつもりですか」

「転職するかどうかは本人の気持ち次第ですが、いずれにしてもウチは敷居が高いかもしれませんね」

敷居が高いというのは、以前に彼が〈氏家鑑定センター〉に不義理でもしたのだろうか。興味はあったが、根掘り葉掘り訊くのは押し留めた。

「先生は次回公判について何か策がおありですか」

「検察側が提出した証拠に、ことごとく反論することを考えています」

「反証できますか。もちろん、わたしがお手伝いしますが」

「検察側が拠り所にしているのは多くの状況証拠と甲七号証です。反証を続けていけば、向こうも闘いあぐねるはずです。推定無罪の原則がある限り、裁判官も有罪判決を出すことに抵抗を覚えるに違いありません」

推定無罪とは、「疑わしきは被告人の利益」として解釈するという原則だ。積極的な物的証拠がなければ有罪にすることができず、被告人に不利となるような類推解釈も禁じられている。従って事件を担当する検察官は、個々の事実について合理的な疑問を残さない程度に証拠の裏付けをしなければならないのだ。この原則に則れば、検察側にとっても楽な裁判ではないはずだった。

ところが予想に反して氏家は浮かない顔をしている。

「どうしましたか、氏家さん」

「先生の戦術に異を唱えるつもりはありませんが、最近は検察が状況証拠だけで公判を維持して有罪判決を勝ち取る案件が増えつつあります。二審で覆されることもありますが、決して油断のできない潮流だとわたしは感じています」

重い口調に美能の箸が止まる。

刑事事件に慣れていない己の甘さが露呈した瞬間だった。報道や機関誌で刑事事件のトピックスには目を通していたものの、我が身に照らして考えることをすっかり失念していた。

たちまち美能の弱気が頭を擡《もた》げてくる。それで恐る恐る提案してみた。

「事と次第によっては弁護方針の転換も視野に入れましょうか」

「何ですって」

さすがに氏家も箸を止めた。

「いったん容疑を認め、量刑を争う方が有利かもしれない」

「たとえ冗談でも、そういうことを言わないでください」

氏家の顔色が変わっている。すぐに失言だったと反省した。

「申し訳ありません。つい……」

悪い癖が出た。

民事裁判にももちろん勝ち負けはあるが、代理人弁護士に求められるのは有利な落としどころを見つけることだ。仮に確定判決をもらったところで、相手に支払い能力がなければ債務名義という名の紙切れでしかない。名より実を取るのが民事訴訟の肝と言っていい。

だが刑事裁判、分けても殺人容疑の裁判に後退や妥協は有り得ない。量刑を一年妥協するのは、被告人の将来を一年潰すのと同義なのだ。

「今のは聞かなかったことにしてください」

「ええ。間違っても御笠の耳にいれてはいけません。下手をすればあいつの心が折れる」

退廷する際に見た小さな背中を思い出した。

自然に震えた。御笠の将来が自分の肩に懸かっている。彼を救うためには二度と弱気になってはいけない。

いつの間にか氏家は皿を綺麗に平らげていた。

「弁護士資格もないわたしが申し上げるのは僭越に過ぎますが、状況証拠の積み重ねは無視できません。個別に反論するのも手ですが、証拠の数で押し切られたら心証は悪くなる一方です。三人の裁判官はもちろんとして、六人の裁判員が受ける心証も計算に入れなければ勝てないと思います」

「同感です」

「先生、やはり甲七号証が必要です。あれを直に分析しないことには検察側の攻勢を阻止するのが困難になります」

「しかし、既に『当該試料は全て分析に使尽し、残存しておらず』との回答をもらっていては」

「繰り返しますが使尽したというのは方便です。小泉くんの証言をお聞きになったでしょう。今回科捜研が採用したPCR増幅法はシングルローカスを短時間に多量に増幅して分析しようとするものです。言い換えれば、早々に分析結果が出たのであればまだ試料の残りがあるかもしれないのです」

〈氏家鑑定センター〉ならPCR増幅法も最新のデジタルDNA型分析法やミトコンドリアDNA多型分析法も思いのままだ。同じ試料を分析するなら、複数の分析法を駆使できる氏家たちがより正確で緻密な結果を出すに違いない。氏家はそう言いたいのだ。

「もう一度、交渉してみます」

「一度では駄目です」

氏家は美能にすら容赦なかった。

「相手が承諾するまで、何度でも交渉してください」

2

美能と別れた氏家は、単身東日暮里の〈すめらぎハイツ〉に向かった。愛車のトランクには採取作業に必要な道具がひと通り揃っている。

美能と会食したのは、初公判の法廷で彼の挙動が気になったからだ。久しぶりの弁護、しかも殺人の否認事件で無罪を勝ち取らねばならない。民事裁判に慣れきった美能にはいささか荷が重いのではないかと危惧したが、蓋を開けてみれば案の定だった。本人は気づいていないかもしれないが、答弁している時の表情はスポーツカーのハンドルを握らされた後期高齢者のそれだった。

次回以降の方針を確認するための会食だったが、弁護方針の変更を提案してきた時には思わず腰を抜かしそうになった。おそらく美能本人は自身が一種の恐慌状態に陥っていることすら自覚していなかったに違いない。

自白調書さえあれば物的証拠に不備があろうと有罪にできる——そうした昭和の悪しき自白優先主義から脱却したと思えば、今度は科学捜査を妄信して冤罪を作り出す。「疑わしきは罰せず」の大原則も、世間の義憤や幼稚な正義に押されて崩壊しつつある。

一方、科学捜査は日進月歩であり、科捜研ではDNA型解析の標準となっているPCR増幅法もいつ前世紀の遺物になるか見当もつかない。氏家が私財を投じてまで最新鋭の技術と設備に拘泥するのは、分析法の進化に取り残されるのを何よりも怖れているからだ。

司法を取り巻く状況と、裁判に不可欠な分析法の進化がまるで噛み合っていない。双方の齟齬が生み出すものは混乱と権力の暴走に他ならない。ちょうど今回の事件がその煽りを受けている。人を感情で裁くべきではない。個人でも国でも同じことだ。感情を持ち込めば判断は必ず歪む。判断は基本的に論理の帰結だからだ。裁判において重視されるべきは状況証拠や自白調書ではなく、徹頭徹尾精緻に分析された物的証拠でなければならない。

被告人が旧知の友という特殊事情が作用し、度々氏家は感情に突き動かされてしまった。これは翔子も指摘した通りだ。

だが、物的証拠こそが信用に足るものであることには寸分の揺るぎもない。百ある物的証拠が御笠を犯人と示すなら氏家は従うしかない。もちろん感情は揺れ動くだろうが、科学捜査さえ揺れなければそれでいいと思っている。

犯行現場を再訪したのは見逃した部分がないかをチェックするためだ。〈エンドクリーナー〉代表、五百旗頭の助けもあり、部屋から残留物を採取する作業は予想外に早く終了した。だが早く終わったがために集中力が途切れはしなかったか。安堵で目が曇りはしなかったか。

敷地内に愛車を停め、〈すめらぎハイツ〉を眺める。大家の羽田には既に約束を取り付けている。

「お待ちしていました」

氏家を迎えた羽田は憂鬱そうだった。

「念のため、部屋にはスリッパを履いて上がっていただけますか」

「ご心配には及びません。スリッパも手袋もこちらで用意しましたから」

「まあ、気休めでしかないんですが」

「何かありましたか」

「先日、ハウスクリーニングも終わったので、入居者募集を管理会社に申し入れたんです。そうしたら家賃の大幅な減額を通告されて……あのですね、相場としては孤独死で一割、自死で三割、他殺なら五割も下げないと借り手がつかないって言うんですよ」

致し方ないだろうと氏家は思う。事故物件と知りながら部屋を借りるのであれば、何かメリットがなければ意味がない。

国土交通省は物件情報に関するガイドラインを策定しているが、事故物件の賃貸については告知すべき期間を概ね三年と規定している。逆に言えば告知しなかった場合は相応のペナルティが課せられる訳であり、いずれにしても大家の羽田には大打撃だ。

「特殊清掃でとんでもない出費があったばかりだというのに、今度は家賃半額ときた。泣きっ面に蜂とはこのことですよ」

羽田の繰り言が続く。残念なのは死んだ九十九への悔やみがひと言もないことだ。

「折角綺麗にしていただいて、染み一つない状態にしてもらったのに半額だなんて」

染みなら一つくらい残っていてほしいと思ったが、もちろん口には出さない。

「それにしても、今更何の必要があって部屋に入るんですか」

「何も残っていないように見えても、結構残っているものなのですよ」

氏家は鍵を借り、アパートへと向かう。手の中の鍵に視線を落としたまま、２０２号室の施錠問題に頭を巡らせていた。

マンション等の入居者には二本のキーが渡されることが多い。一本は錠前を取り付けた際に最初から付属していたオリジナルキー。そしてもう一本が万が一の時のために保管しておくスペアキーだ。

一方、巷で合鍵と呼ばれるものはブランクキー（溝や凹凸を削る前の状態の鍵）を汎用のキーマシンで削って作る。手作業で削るため、オリジナルキーに比べるとどうしても誤差が生じる。だからオリジナルキーを使用し続けた鍵を合鍵で開錠すると、内部には微細な傷が残る。

羽田が問題の２０２号室に足を踏み入れた際、鍵は掛かっておらず、オリジナルキーもスペアキーも室内に残されていた。捜査本部は御笠が合鍵を使って部屋に侵入したと見当をつけたが、鑑識が鍵穴を仔細に調べた結果、その痕跡は発見できなかった（これは氏家たちも分析を試みたが、同じ結果に終わっている）。よって捜査本部は九十九には日頃から施錠しない癖があり、侵入者は自由に部屋を出入りしたのだと結論づけていた。

確かにその解釈であれば、侵入者が合鍵なしで部屋に入れた事実を説明できる。だが、それには侵入者が九十九の癖を知っていたことが前提条件となる。侵入を試みたところ施錠されていなかったというのは、あまりに偶然が過ぎる。捜査本部は、御笠が九十九と知り合いだったので施錠しない癖を知っていたと推論を立てたが、そもそも二人は社内で決して友好な間柄ではなかった。捜査本部の見方には矛盾が見え隠れする。

後付けなのだ。氏家はそう確信していた。

以前は科捜研にいたから警察の思考や方針は手に取るように分かる。甲七号証という有力な物的証拠があるために、全ての状況を恣意的に解釈しているのだ。

恣意的な解釈を重ねれば、その先にあるのは見込み捜査と冤罪だ。過去にどれだけの先例があろうが、性懲りもなく警察は同じ過ちを繰り返す。

氏家は202号室のドアを開けた。五百旗頭と共同で清掃し徹底的に残留物を採取し終えた部屋は、それこそ毛髪一本すら残っていない。殺害された九十九の怨念さえ払拭された感がある。

スリッパと医療用手袋を着用し部屋に入る。ドアを閉めると外部の環境音は遮断され、集中力が高まる。

釈然としない。

玄関ドアの施錠の問題にしても、鼻をかんだ後のティッシュにしても不自然な印象が拭いきれないのだ。現場からは御笠の指紋も下足痕も発見されていない。それなのに体液の付着したティッシュだけは至極簡単に採取されている。御笠が犯人だと仮定して、自分の毛髪や指紋や下足痕が残らないよう慎重な行動を取っておきながら、ティッシュだけは無警戒に捨て置いている。花粉症気味の者なら無意識のうちにそうした行動を取るという解釈なのだろうが、無視できない矛盾点だ。

凶器の問題もある。九十九が殴殺されたのは解剖報告書から明らかなのだが、肝心要の凶器がどのような形状でどんな材質なのか何一つとして判明していない。

氏家は黙考する。釈然としなければ徹底的に考察するまでだ。

鑑定人として様々な案件を担当していると、事件の全体像を捉える能力が培われる。容疑者の性格や犯罪性向、そして供述調書に振り回されることもなく、現場の遺留品で事件のあらましを把握してしまうのだ。容疑者は嘘を吐くが、残留物は嘘を吐かない。死体が嘘を吐かないのと同じだ。

そうして培われた構成力も、この事件ではまるで機能していない。全体像があまりにも曖昧模糊としている。理由は分かっている。物的証拠の少なさがピースの不足を招いているからだ。ピースの欠損したジグソーパズル――この事件はまさにそうだった。

では欠損したピースはどこにあるのか。どうやって探索すれば発見できるのか。

頭の中で何かが引っ掛かっているのは分かる。この引っ掛かりが思考の邪魔をしているのだ。もどかしさに堪えきれず、氏家は部屋を出た。密閉された空間から出た途端、十月の冷ややかな風が頬を撫でる。お蔭で少しだけ爽快になった。

その時だった。

敷地の端、違法駐車しているクルマの陰に人影を認めた。向こうも気配を察したらしく、一瞬で身を翻した。

考える間もない。氏家は人影を追うべく駆け出した。

相手は何故逃げている。決まっている。自分を氏家に知られたくないからだ。

氏家が階段を下りる時点で、相手の姿は視界から消えている。一日中ラボに籠っている己にどれだけの体力が発揮できるか甚だ心許ないが、今はただ追うしかない。

階段下に辿り着き、再び走り出す。だが違法駐車のクルマを回り込んだ瞬間、足が止まった。目の前には三叉路が広がっていた。左右の道に目を凝らしてみたが、人影はどこにも見当たらない。

逃げられたか。

念のために周囲を見渡すが、防犯カメラも発見できない。これでは映像を解析して相手を特定することができない。

敷地に戻ろうと踵を返した途端、足にきた。膝から下の力が抜け、氏家は不様によろける。しくじった。やはり単独行動を取るべきではなかった。もし体力自慢の飯沼辺りを同行させていれば、難なく相手を捕縛できたはずだ。

少し足を引き摺り気味にしながら羽田の家に辿り着く。

「鍵をお返しにあがりました」

「少しは役に立ちましたか」

「まだ分かりません。わたしの仕事は結果が出るまでに時間が掛かるんです」

ところで、と氏家は口調を改める。

「最近、アパート周辺で怪しい人物を見かけませんでしたか」

「怪しい人物。男ですか女ですか」

「性別・年齢ともに不詳です」

羽田は記憶をまさぐるように小首を傾げていたが、やがて諦めたように小さく呻いた。

「そういうのには心当たりがないなあ。あまり外出するタチじゃないもんだから。そいつが何か危ないことをしそうなんですか」

とぼけているようには見えなかった。

「すみません。わたしの勘違いかもしれません。ですが、もしちょっとでも怪しい素振りの人間を見かけたらご一報ください。すぐに駆けつけますから」

「何だか物騒な話だねえ」

羽田は顔をゆるゆると振ったが、氏家の考えは少し違っていた。かの人物の逃げ足は相当のものだった。三叉路に入ったのも、おそらくは事前に退路を決めていたに違いない。

相手こそこちらを怖れているのだ。

3

不審者を取り逃がしたものの、それで諦めるような氏家ではない。元より人間本体を捕縛するのが仕事ではない。不審者が残していった遺留品を分析して特定するのが鑑定人の本分だ。

三叉路に防犯カメラは見当たらない。それならどうするか。少し考えると、すぐに結論が出た。二方向の道路を端からしらみつぶしに調べるまでだ。

不審者を目撃したのは、ほんの一瞬だった。しかも認識できたのは人影程度で、人相、性別、背格好など確かめようもなかった。従って、防犯カメラに捉えられていたとしても、それが不審者当人であるかどうかの判別は難しい。

だが氏家には考えがある。今は役に立ちそうになくても、データとして保存していればいつか価値が生まれる。氏家はスマートフォンを取り出し、センターの相倉を呼び出した。

『はい、相倉です』

「悪いけど至急、来てほしい。場所は九十九孝輔のアパート〈すめらぎハイツ〉」

『そのアパート、先日特殊清掃の業者さんと一緒に採取作業したばかりですよね』

「物件内部じゃない。周辺の防犯カメラをチェックしたい。相倉くん、悪いけど瀬名《せな》くんと一緒に来てくれないかな」

『瀬名が必要な案件ですか』

電話口で相倉が鹿爪らしい顔をしているさまが目に浮かぶ。

「よろしく頼む」

しばらく待っているとアパートの敷地に鑑定センターのワンボックスカーが進入してきた。

「お待たせしましたーっ」

助手席の窓から底抜けに明るい声を上げたのが瀬名早海《はやみ》だった。クルマから降りるなり、小走りで氏家に駆け寄ってくる。

「僕をご指名だそうで」

「うん。防犯カメラの映像を入手したい。ただし広範囲に亘るから、カメラの設置主は複数になる。個人もいれば法人というのも有り得る」

「なるほど、そういう事情なら僕の出番ですね。任せてください」

科捜研出身の所員には内向的な者が多いが、瀬名は数少ない例外だった。とにかく人と喋るのが好きらしく、生来の人懐っこさで相手の警戒心を解いてしまう。専門は画像解析だが、むしろ営業向きではないかと囃し立てる者さえいる。

実際、瀬名は鑑定センターの誰よりも交渉力に長けていた。実家が裕福な氏家はどこか金銭感覚がおおらかで、顧客と金銭的な問題で齟齬が生じた時はつい先方の都合に合わせてしまう。そこで瀬名の登場となる。瀬名は営業スマイルを崩すことなく、相手を丸め込んでしまうのだ。

「追跡の始点はここになる」

相倉と瀬名を三叉路に誘い、自分が不審者と遭遇した経緯を説明する。スマートフォンで近辺の地図を表示し、不審者の逃走範囲を示す。

「対象とする時刻は十五時二十五分から四十分までの十五分間」

「十五分に絞れるのは有り難いですね。その代わり捜索範囲は広いですけど」

「だから二人も呼ばれたんですよ」

難渋の表情の相倉に対し、瀬名は無邪気に応える。難儀な仕事を難儀と思わせないのが瀬名の長所だった。

「じゃあ、早速いってきます」

瀬名に引っ張られるようにして相倉が受け持ちの区域に移動する。のんびりと構えている訳にはいかず、氏家も動く。

闇雲に各戸や店舗を訪ねるのではなく、防犯カメラを設置している店や家を特定した上で訪問する。最近の防犯カメラは無線で遠隔操作されているので、同じ周波数の発信位置を探ればいい。自分用はもちろん、二人に貸与したスマートフォンにも周波数探知機能を付随させている。

最初に探知した場所は三叉路近くにあるコンビニエンスストアだった。入口近くに視線を投げると、庇に隠れて防犯カメラが確認できる。

レジに直行し、名刺を提示して店長を呼んでもらう。やがて尾形《おがた》という店長が姿を現した。

「防犯カメラの映像を見るんですか」

「ええ。ＵＳＢメモリにコピーさせていただきたいのです」

尾形は渡された名刺を二度見する。

「でもあなた、警察じゃないんでしょ」

「民間の鑑定センターです」

「警察の捜査ならまだしも、ウチの店に出入りしたお客さんも映ってるんですよ。それはお客さんのプライバシーに関わる問題じゃないですか」

当然のごとく尾形は正論を盾に断ってくる。最初から拒絶されるのは、こちらも織り込み済みだ。

「仰ることはごもっともです。ところで尾形さんはゲームをなさいますか」

「ゲームですか。もうずいぶんご無沙汰していますが、勤め人だった頃は寝る間も惜しんでやってましたよ。それが何か」

「『グランド・バーサーカー』や『蒼久の騎士』は遊びましたか」

「おお、『グランド・バーサーカー』。あれは傑作でした。最終ステージをクリアした時はゲーム仲間と一緒に祝杯を挙げたくらいです」

「ゲーム開発者の名前はご存じですか」

「当然。ゲーム業界きっての天才、九十九孝輔。惜しくも最近、亡くなったと聞いていますけど」

「九十九さんが亡くなったアパートは、この近くなんですよ」

「本当ですか」

「九十九孝輔さんは殺害されました。わたしは犯人特定のために鑑定を依頼された者です。防犯カメラの映像はそのために必要なのです」

決して嘘は吐いていない。弁護側の鑑定人として依頼されている事実も、打ち明ける理由はない。

「それを早く言ってください」

尾形の目の色が変わった。

「九十九孝輔さんの敵討ちというのなら、断るなんて選択肢はわたしにありません。氏家さんでしたか、バックヤードまで来てください」

手の平を返したような対応に氏家は苦笑せざるを得ないが、一方でゲームクリエイター九十九孝輔の功績に感心もしていた。本人がワンマン気質で凡人の努力を一顧だにしない人物であっても、彼の創出した作品はゲーマーたちの中に脈々と息づいている。作者と作品が別物であるのは承知の上で、他人の魂に己の存在を刻める仕事に羨望を抱いてしまう。

バックヤードは雑然としており、レコーダーは吊り棚に置かれていた。

「コピーが欲しいのは本日午後分だけなんです」

必要最低限の領域を選択して該当する部分をチェックしてみる。問題の十五分間に防犯カメラの前を行き来した者は四十八人。約二十秒に一人の割合だ。閑静な住宅街との先入観があったが、人通りは予想以上のようだ。

該当部分をUSBメモリにコピーし、記録媒体ごと返却する旨の誓約書に署名押印する。

「何もここまでしなくたっていいと思いますがね」

「いえ。こういうことはきっちり文書にしておかないと」

尾形にはそう説明したものの、誓約書に法的拘束力はない。そもそも素材を分析してデータベースに落とし込んだ時点で映像の所有権は曖昧になっている。つまりは双方の倫理観に免罪符を与える程度の意味でしかない。

「犯人、必ず厳罰に処してください」

激励を背に受けて、氏家は店を後にする。実際は御笠にかけられた疑いを晴らすのが目的だが、結果的に九十九殺害犯を捕えることに寄与できれば尾形も納得してくれるに違いない。

二軒目は居酒屋、三軒目はガソリンスタンドだった。九十九孝輔の名前を知っている者も知らない者もいた。しかし温度差はあれど、氏家が丁寧に頼み込むと大抵はデータの提供を承諾してくれた。

所要時間は四時間半。連絡を入れると瀬名も割り当てられた分を探索し終え、相倉は最後の一軒と交渉中とのことだった。

ワンボックスカーで待機していると、ようやく相倉が戻ってきた。

「お疲れ様」

「お待たせしました。すみません、手間を食ってしまって」

「収穫は」

相倉は無言でUSBメモリを掲げてみせた。

「相手は鑑定にもゲームにも興味のないアラフォー女子で。説得というより最後は拝み倒しでした」

「相倉さんの交渉は一本調子なんですよ。もっと臨機応変に対応しなきゃ」

「……そんな器用な真似ができたら他に転職している」

氏家は慌てて二人の間に割り込む。

「方法は問わない。求められるのは成果だけだ」

センターに戻ると九時を少し過ぎていた。終業時間をとうに超えているので二人には帰宅してもらうところだが、瀬名が残業を申し出た。

「折角ですんで」

何が折角なのか分からないが、瀬名の仕事好きは今に始まったことではない。とにかく画像解析が好きで堪らず、大学時代から高額な画像解析ソフトを購入してスキルを磨いていたらしい。科捜研でも画像解析に腕を揮っていたが、最新鋭の機材に目が眩んで氏家鑑定センターに転職した組だ。就業規定より目の前にぶら下がった仕事を優先するのは、むしろ当然の流れだった。

「所長の集めてきたデータが八軒分、相倉さんが六軒、そして僕が十一軒。分量としてはまあまあですね。作業は顔認証での特定ですか」

「残念ながら僕自身が不審者の人相を確認した訳じゃない。だが逃走中の姿を必ずどこかの防犯カメラが捉えているはずだ。今は単なるデータ収集だけど、いずれ有力な物的証拠になる可能性がある」

「じゃあ、例のシステムの登場ですね」

瀬名はいそいそと画像解析のコーナーに向かう。彼の目当ては言わずと知れた〈時空間データ横断プロファイリング〉だ。

時空間データ横断プロファイリングはＮＥＣが開発したシステムで、人物の細かい行動ではなく動線の微視的な乱雑さ（動きの変化の度合い）を捉えることで対象者の行動パターンを定量化する仕組みだ。人間の動き方や歩き方には個々のパターンがある。つまり指紋と同様だ。時空間データ横断プロファイリングを活用すれば群衆の中で不審な行動を取る人物が察知できる上、人相を隠しても同一の人間を追跡することが可能になる。

画像解析の可能性を飛躍的に向上させるシステムにも拘わらず、警察ではまだ試験的な導入に留まっている。だが氏家鑑定センターでは既に本格的に稼働しているのだ。

「ところで所長」

モニターの前に陣取った瀬名がこちらに振り向く。

「所長の目撃した人物は明らかに不審者っぽいと思うんですが、九十九孝輔の事件に関係しているとは限らないんじゃないですか。窃盗の下見かも知れないし」

「〈すめらぎハイツ〉の外観を見たでしょ。失礼ながら、富裕層の住むような場所とは思えない。僕ならもっとグレードの高い住宅を狙うよ」

「下着ドロという線も考えられます」

「まだ何も盗んでいない段階で、目が合ったというだけで逃げ出すかね」

「やましいことをしているという自覚があれば逃げもしますよ」

実際、逃げた人物が事件の関係者であるかどうか、氏家にも確証はない。それにも拘わらずデータを集めているのが、徹頭徹尾論理を重んじる自分にそぐわない行動であるのも分かっている。

そうだ、分かっている。

氏家は自分を見失っている。御笠を救いたいがために私情で暴走気味になっているのだ。

「不審者は事前に退路を決めていたように思える。おそらく〈すめらぎハイツ〉に足を運んだのは、あれが初めてじゃないだろう。そこまで慎重に行動する理由が気になる」

「なるほど」

瀬名は納得したらしく、モニターに視線を移してからは二度とこちらを向こうとしなかった。延べにして千三百人分の歩容パターンが見る間にデータ化されていく。データ化されたパターンは自動分類されていくつかのグループに放り込まれる他、個別にナンバリングされていつでも抽出可能となる。

全てのデータ化には数時間を費やす。瀬名はこうなれば徹夜も厭わないので、氏家も付き合うことにした。どのみち自宅に帰っても頭を占めるのは九十九事件だ。

現状、御笠の疑惑を晴らせるような証拠物件は見つかっていない。九十九に関連する場所を巡っても塵一つ採取できずにいる。鳥海に依頼した報告を読んでも、浮かび上がるのは九十九少年の孤独だけだ。虐待と現実逃避が稀代のゲームクリエイターを誕生させたというストーリーは、公にすればファンの感激を誘うに違いない。

圧倒的に情報量と探索場所が足りていない。まるで水溜まりほどの池で砂金を探しているようなものだ。

何か見落としている。問題は単純なはずだ。氏家が本来の冷静さを失っているから見えていない。目の前に転がっているのに視界に入らない。

つらつら考えていると、スマートフォンが着信を告げた。相手は美能だった。

「氏家です。どうかしましたか、先生」

『夜分に申し訳ない。実は先ほど槇野検事から連絡がありました。甲七号証の一部を提供すると申し入れてきたのです』

思わず腰を浮かしかけた。

「急な話ですね。今まで何度こちらから頼んでも門前払いだったのに」

『だからわたしも驚きました。どういう風の吹き回しなのか、何か企みがあるような気がして。いっそ断りますか』

「いいえ。折角、提供してくれると言っているんです。有難く受けましょう」

『明日、裁判所で直接渡したいとのことです』

「同席させてもらえますか」

『ええ、わたしもそれがいいと思ったので連絡した次第です』

電話を切ってから、俄に興奮を覚えた。検察側の、唯一と言っていいほどの物的証拠である甲七号証。氏家鑑定センターで分析すれば、科捜研とは違う結果が出るかもしれない。活路が開ける可能性に胸が躍った。

4

翌日、氏家は美能に随行するかたちで東京地裁に赴いていた。指定されたのは十一階の別室で、美能によれば公判前整理手続に使われた場所らしい。

科捜研時代も鑑定センターを立ち上げてからも証人として法廷に立つことは幾度もあったが、

別室に招かれたのは初めての経験だった。

「えらく殺風景で、さすがは裁判所の一室ですね」

皮肉でも何でもなく、自然な感想だった。応接セットの椅子とテーブル以外、目立ったオフィス家具は何もない。キャビネット一つ本棚一台さえないが、あまりの飾りけのなさに却って清々しさを覚える。

「こういう場所での話し合いなら、さくさく進むのでしょうね」

「氏家さんは無機質な部屋がお好きですか」

「鑑定センターのラボには検査機器が満杯ですが、煎じ詰めればあれも相当に無機質ですよ」

人の心を和ませるものは、逆の言い方をすれば観察と思考の邪魔になる。落ち着くのはプライベートな自室だけで充分だと考えている。

「わたしはどうも苦手で。久しぶりに刑事事件を扱って思い出した。いささか被害妄想じみているが、刑事事件というのは検察側と裁判所がタッグを組んでいるんじゃないかと思えるほどの蜜月ぶりでね。前回も前々回も、わたしが到着する前に検事と裁判官たちが和気藹々と話し込んでいた」

刑事事件における検察と裁判所の馴れ合いは、科捜研に勤めていた頃から間近で見ている。検察側にすれば有罪判決間違いなしの案件を起訴している。裁判所側にすれば証拠物件も自白調書も揃い争点が明白な案件を裁けばいい。双方の利害は一致しているので蜜月関係と噂されても仕方がない。弁護人を交えない、検察官と裁判官の一対一の弁論。所謂法廷外弁論がまかり通っているのはその証左と指摘する者もいる。

美能は企業弁護士としては優秀なのだろうが、完全アウェーの刑事裁判では本領が発揮できないらしい。話せば話すほど不安になってくる。こんな時、例の悪辣な弁護士が担当してくれればと何度目かの後悔に囚われる。

しばらく待っていると二人の男が姿を現した。槇野検事と南条裁判長だった。

「お待たせしました」

槇野は席に着くなり、氏家を見る。

「あなたが噂の氏家さんですか。はじめまして、槇野です」

科捜研側から伝わっているのなら、どうせ碌な噂ではないだろうから敢えて内容は聞かなかった。

「以前は科捜研に勤めていたと聞きました」

「ずいぶんと昔の話です」

「あなたは大変に有能で、そのまま在籍していれば遠からず管理官や所長になれたとか」

まさか、と氏家は一笑に付した。

「僕は人の上に立てる人間じゃありません。退官は僕にとっても科捜研にとっても最善の選択でした」

「いったい何が不満でしたか。後学のために聞いておきたい。職場の人間関係ですか」

「人間関係ではなく、設備の問題です」

「おや。警視庁の科捜研と言えば、全都道府県でも最高の設備を誇っているはずですが」

それでも予算の関係で大方の検査機器は型落ちもいいところだった。

「単に僕のわがままですよ。機械オタクでしてね。世界水準で最新鋭の機器を弄りたくて仕方がなかったのです。公務員として相応しい人材ではありません」

「確かにわがままですな」

すると痺れを切らした様子の美能が咳払いを一つして、強引に槇野の視線を向かせる。

「本日は甲七号証を貸与いただけるとのことでしたね」

「わたしが、と言うより科捜研から連絡があったのですよ。使尽したとばかり思っていた試料に、まだ残存があったようです」

槇野は持参したカバンの中からナイロン袋を取り出す。中には皺だらけのティッシュが収められている。

「確認させていただきます」

氏家は手を伸ばしてナイロン袋を受け取る。貼付されたラベルには〈甲7〉と記されている。まさかとは思うが、さすがに偽物ではないだろう。いくら科捜研が氏家を忌み嫌っていようが、法廷に提出する証拠物件を捏造するような真似はしないはずだ。

だが仔細に見ると異状に気がついた。

ティッシュが四片ほどに切り刻まれているのだ。

「槇野検事、よろしいですか」

「何でしょう」

「ずいぶん刻まれ欠落しているようですね」

「別に不思議ではないでしょう。現場で採取した後、科捜研が徹底的に分析しました。再確認するまで、試料は使尽したと報告があったくらいですからね」

「初公判の際、科捜研の職員が証言しているのを傍聴していました」

槇野は少し驚いたようにこちらを見る。

「その中で、彼はＰＣＲ増幅法を用いて分析したと証言していました。彼が説明していた通り、ＰＣＲ増幅法はシングルローカスを多量に増幅して複数回の分析に備えるもので、加熱と冷却の繰り返しによって数時間で特定のＤＮＡ領域は十万から百万倍にも増幅されます。それでも、これだけしか残らなかったのですか」

一瞥した限り、問題の体液が付着していると思しき部分はことごとく切り取られている。先方の言い分を信じればまだ残滓があるようだが、肉眼では確認できない。

「わたしは科捜研の言葉を伝えたまでです。何か不服でもありますか」

間違いなく槇野は事情を知っている。知った上でこちらを挑発するような物言いだ。わざと挑発に乗る手もあるが、南条が同席している手前、弁護側の不利になるような言動は慎むべきだと判断する。

「いえ。失礼しました」

隣に座る美能も状況を察して眉間に皺を寄せる。

剣呑な空気が流れる中、とりなすように南条が割って入った。

「弁護人、貸与を希望していた甲号証は、それで間違いありませんか」

「ありません」

「証明予定事実記載書面の修正は必要ですか」

「いいえ」

「結構です。そちらで新たに試料を分析し、検察側が出した見解と同じ結果になった場合、争点を変更する可能性はありますか」

「仮定の話にお答えするのは困難です」

「あくまでも可能性の問題なのですが」

しまった。

この瞬間、ようやく氏家は槇野と南条の思惑に気づいた。

今まで弁護側の要求をことごとく撥ねつけておきながら今になって提供を申し入れてきたのは、貸与の交換条件として弁護側の主張に亀裂を生じさせる目論見なのだ。

無論、法廷戦術に長けた弁護士であれば、この程度の揺さぶりは歯牙にもかけないだろうが、刑事裁判に不慣れな美能には相応の効果が期待できる。要は弁護側の足元を見て、法廷外から公判をコントロールする肚だ。

氏家は目立たぬよう肘で美能の横腹を小突く。さすがに美能も察したらしく、ぶるりと顔を横に振った。

「裁判長。それは今この場でお答えしなければ公判を維持できない種類のものでしょうか」

「いえ。無理にとは言いません」

南条は巧みに矛先から逸れる。深追いは逆効果と判断したに違いない。

「しかし、もし変更の必要が生じた場合はいつでも申し出てください。では」

言うべきことは言ったとばかり南条は挨拶もそこそこに立ち上がり、さっさと部屋を出ていった。証拠物件引き渡しの見届け人として同席したのだから用が済めば退席するのは当然だが、あまりにも見え透いた態度だった。槇野もその後に続いて退出してしまった。

後に残された二人はいい面の皮だった。

「我々も帰りましょうか」

美能がぼそりと洩らした。


センターに戻った氏家は、入手したばかりの試料を翔子に渡した。

「お待たせして悪かった。例の甲七号証、容疑者の体液が採取されたブツだ」

「検察側から申し入れがあった経緯は聞きましたけど、やや唐突な感が否めませんね。どうして今になって手の平を返してきたんでしょう」

「いい勘だね。先方さん、取引の材料にしようと持ち掛けてきた」

「応じたんですか」

「まさか。すんでのところで美能先生が踏ん張ってくれた。橘奈くんは何も気にせずラボに閉じ籠ってくれたらいい」

「所長」

翔子はナイロン袋の中身を矯《た》めつ眇《すが》めつしながら言う。

「これ、ずいぶん欠落していますね。PCR増幅法を採用したにしても、かなり粗雑な扱いをしているように見えます」

「敵に塩を送るような豪気な連中でないのは橘奈くんも承知しているでしょう。彼らのみみっちさを評価するいい機会だ。一緒に確かめようじゃないか」

鼻をかんだティッシュペーパーは二次試料であり、DNA鑑定できる可能性はさほど高くない。

採取条件と付着量にもよるが、よくて60～70パーセントといったところだろう。口腔内細胞採取綿棒で直接採取した一次試料に比べれば心許ない数値だ。

氏家は翔子とともにラボに入室し、早速ナイロン袋の中身を検めた。ティッシュペーパーはただ四片に切り離されただけではなく、中央部分がごっそり切除されていると判明した。

「たぶん、体液の付着した部分を綺麗に取り除いてありますね」

翔子は抑えた口調で呟く。付着した部分の切除は半ば科捜研の嫌がらせのようなものだが、ラボに入った途端に感情を抑制しているのは立派だった。

氏家と翔子は四片を更に細かく寸断する。十片ほどに切り分けた後、試験管に入れて界面活性剤を混ぜて保温ケースに並べる。こうすることで細胞膜を破壊するのだ。

「後は頼んだよ」

DNA鑑定は翔子の専門だ。ここから先の作業は彼女に一任するのが妥当だろう。

翔子が次に着手する工程は次の通りだ。

細胞膜を破壊した後は蛋白質分解酵素のプロテアーゼで蛋白質を破壊し、フェノールで余分な蛋白質を取り除く。残ったフェノールをクロロフォルムで除去し、遠心分離器で染色体を解していく。

こうして得られたDNAを更に遠心分離器で沈殿させた後に冷却すれば、抽出と精製が完了する。後はPCR増幅法でDNA領域を増やしてやればいい。増幅に用いるサーマルサイクラーも最新のものが揃えてある。

ラボを出た氏家は他に溜まっていた分析作業を続けながら、翔子の報告を待つ。彼女の分析能力と手際の良さなら、三時間ほどで作業を完了させるはずだった。

ところがものの一時間ほどで翔子がラボから出てきた。

「いくら何でも早過ぎやしないか」

「サーマルサイクラーにかけるまでもありませんでした」

隠そうとしても翔子が落胆しているのは明らかだった。

「ティッシュペーパーにはただの一滴も体液は付着していませんでした」

氏家はモノも言わずにラボに取って返す。翔子の作業はフェノールによる蛋白質除去の手前で終わっているのが一目瞭然だった。

「徹底しています」

背後で翔子が恨めしそうに呟いた。

「検察は、こんな代物を取引の材料に使おうとしていたんですか」

「そうだね」

「今度、その検察官を連れてきてください。面の皮の厚さをナノ単位で計測してみたいです」

「雑菌をばら撒かれるだけだから、やめておいた方がいい」

「これは嫌がらせの範疇を超えています。科捜研は事実の探究よりも、自分たちの仕事を寡占することを優先しています」

試験管から取り出した十の紙片は界面活性剤に塗れて光を反射している。喉から手が出るほど求めていた試料がこの有様では、情けなくて涙も出ない。

美能と二人、雁首を揃えて裁判所まで出向いたのは無駄足だったか。己の不甲斐なさがほとほと嫌になりかけた時、氏家の視覚が異状を探知した。

まさか。

傍らにあったピンセットで紙片の一つを摘まみ上げ、明かりに翳してみる。

いけるかもしれない。

「どうしたんですか、所長」

「別の方面から分析してみよう」

五　晒された策謀

1

翌日、氏家は相倉と瀬名を伴って〈すめらぎハイツ〉に向かっていた。

「あのう、所長」

ハンドルを握る瀬名は遠慮がちに尋ねてきた。

「死体発見現場付近の防犯カメラは、一昨日しらみつぶしに探索したはずですけど」

そうですよ、と助手席の相倉も相槌を打つ。

「延べにして千三百人分の歩容パターンもデータ化しています。まさか、それでもサンプル数が少ないと言うんですか」

「いや。二人ともよくやってくれたよ。あれだけの仕事をたったの二日で終わらせたのは君たちだからこそだよ」

二人にはこそばゆいかもしれないが、褒める際は時とところを選ばないのが氏家の流儀だ。

「手際の良さもマンパワーも目を見張るものがある。君たちをヘッドハンティングされた等々力管理官の無念さを今更ながらに痛感するよ」

いきなり褒めそやされ、二人ともどう反応していいか分からない様子で顔を見合わせる。

実際、歩容パターンの分析を進めることで明らかになった事実は少なくない。その一つが、被害者九十九孝輔の行動だろう。〈レッドノーズ〉本社内に設えられていた防犯カメラより九十九の歩容パターンが特定された。

ほぼ引き籠りの状態であった九十九だが、食料と生活雑貨を補給するためには最低限の外出が必要になる。また今年の三月頃の〈すめらぎハイツ〉最寄りのコンビニエンスストアの防犯カメラ映像には、九十九らしき人物が映っていた。そこでデータ化されていた九十九の歩容パターンと照合した結果、90パーセントの確率で本人らしきことが証明されたのだ。

それまで単なる腐乱死体としか認識されていなかった九十九孝輔が、人として生活をしていた事実を示す物証だった。氏家はこれを重要視したが、相倉と瀬名はさほど気にかけなかったようだ。

「そんな有能な二人に二度手間をかけさせて悪いのだけれど、先に回ったコンビニや店舗を再度訪ねてほしい。ただし今回は防犯カメラ映像の提供をお願いするんじゃない。それらの店に特定の品物が置いてあるかどうかを確認してほしいんだよ。はい、これ」

後部座席から渡された紙片を見て相倉は怪訝な顔をする。メモは氏家がサイトの画像をプリントアウトしたものでメーカー名と製品番号、そして現物の写真が配置されている。

品物としては何の変哲もないものであるためか、相倉は小首を傾げていた。

「探すのはこれですか。こんなもの、どこにでも売っていると思いますけど」

「そういう結果になればなったで有意義なんだよ」

敷地内に停めておくのは羽田の許可を取り付けてある。〈すめらぎハイツ〉前にワンボックスカーを停めた三人は各々の方角に散らばる。回るのはコンビニエンスストアにドラッグストア、雑貨屋、文房具店といった店舗だ。範囲も広げてある。設定条件は〈すめらぎハイツ〉を拠点として半径一キロ。徒歩圏内ではあるが、この範囲内の店舗は決して少なくない。

氏家が最初に訪れたのは防犯カメラの件でも協力してくれたコンビニエンスストアだった。

まず商品棚に直行し目当てのものが置かれているかを確認する。ないと分かってもそれで終了ではない。レジに向かい、オーナーの尾形を呼び出してもらう。

「おや、この間の鑑定人さんじゃないか」

顔を出した尾形は少し迷惑そうな顔をしていた。九十九が作ったゲームの熱烈なファンという話だったが、何度も来られてはやはり仕事の邪魔なのだろう。

氏家は特に落胆はしなかった。九十九を神聖視しているようなゲームオタクならともかく、大部分の人間は自分の仕事と生活を優先するものだ。

「また防犯カメラの件ですか。正直、警察でもない人に来店客の情報を提供するのはちょっと抵抗があるんで。実は本部や家内に叱られちゃいまして」

「本日は人的な情報ではありません。モノの情報です」

氏家は先刻の紙片を尾形に差し出す。

「こちらでこの商品を扱っていますか」

さすがに尾形はひと目見るなり返してきた。

「いや。ウチでは扱っていませんね。と言うか、これ、結構珍しいタイプじゃないかな」

「こちらで扱っていないのなら、他のチェーン店でも同じなのでしょうか」

「うーん、そりゃ分からないね」

次に尾形は説明してくれた。

まずコンビニエンスストアには定番登録された商品群（例　飲料・惣菜・タブレット菓子など）があり、各店はその中から任意に商品を選んで注文することができる。チェーン店の本部がそれを許すのは店舗の立地条件によって客層、延いては売れ筋の商品が違っているからだ。従って同じ看板を掲げるコンビニエンスストアも、店舗が違えば品揃えも変わってくる。

「では、この商品を扱っている店舗は本部に聞けば分かるんですね」

「分かると思うけど、多分教えてくれないでしょうね。社外秘の情報だし、もし商売敵に流れたら責任問題だし」

つまり、この情報も足で稼がなければならないということか。

「お邪魔しました」

「どうも」

尾形は、もう来ないでほしいという目をしている。氏家は何度も頭を下げて店を出る。調査の結果如何によっては三度訪れる可能性が無きにしも非《あら》ずだった。

次に回ったのはドラッグストア、三軒目が文房具店だった。やはりどの商品棚にも目当てのものはなく、氏家は迷惑がられて店から出ていく。

受け持ち区域だけで十五店舗、〈すめらぎハイツ〉の敷地に戻る頃にはへとへとになっていた。続いて瀬名、相倉の順で帰ってきたが、やはり二人とも疲労困憊の体だった。

「疲れました」

珍しく相倉が弱音を吐く。飯沼ほど体力がなくても負けん気だけは人一倍の男だから、よほど応えたのだろう。

「こっちも駄目でしたあ」

瀬名は大袈裟に両手を挙げてみせた。

「どの店にも置いてありませんでした。見かけはごく普通の品物なんですけどね。あれは型落ちの商品なんですか」

「二人ともご苦労様」

「でも、僕も相倉さんも空振りでした」

「空振りなら僕もだ。だから、この結果にはとても満足している」

「へっ」

「九十九孝輔の生活圏内に件の品物を扱う店はなかった。彼の部屋から出てきたゴミの内容から察するに、本人が通販を利用したとも考えられない。それが判明したのなら、今回の捜索は充分意義があったんだよ」

鑑定センターに戻った後、氏家は単身新宿区荒木町にある鳥海の事務所に向かった。

「今度は何の依頼だい」

突然の訪問に、鳥海はわずかに眉をひくつかせた。

「ひょっとして前回の調査報告書に不満でもあったのか」

「期待した通りの内容ですよ。九十九孝輔の過去をあそこまで遡れる調査力は鳥海さんならではでしょう」

「おだてても料金の割引はしない」

鳥海は空いている椅子を勧めてきた。年季の入った代物で、肘掛けの表面が擦れてけば立っている。何やら事務所の主を象徴しているようで、これはこれで味わい深い。

「育児放棄された男の子にとってゲームだけが日々の潤いだった。長じてその子が稀代のゲームクリエイターに上り詰めたというのは感動のストーリーですよ。ゲーム雑誌かテレビのキワモノ番組で取り上げれば結構話題になるでしょう」

「何となくネガティブな物言いに聞こえるのは俺の勘違いかな」

鳥海は自分用のソファに深く座り天井を仰ぐ。

「母親が自分では育てられないという事情と、男からの暴力から避難させる目的で九十九孝輔を手放したという解釈は、俺としちゃあ結構腑に落ちるんだがな」

「母親の立場で考えれば、それもあり得るのでしょうけどね。どうもわたしには母親というより女の勝手な理屈にも思えるのですよ」

「大岡政談《おおおかせいだん》に〈子争い〉って話があるのを知っているかい」

「二人の母親が一人の子どもを巡って親権を争う話ですよね。江戸町奉行の大岡越前《えちぜん》は子どもの腕を両側から引っ張らせ、勝った方が母親だと煽る。実際に引かせ合ったら子どもが痛がり、その瞬間に一人が手を離した。大岡は手を離した女こそ実の母親と認めた。今ならＤＮＡ鑑定で一発なんですけどね」

「俺に負けず劣らず情緒のない男だな。俺も初めは美談めいた話だと思ったさ。しかし〈子争い〉の話を思い出したら、当時九十九孝輔の母親が置かれていた状況なら、それもやむなしと考えるようになった」

「〈子争い〉は講談向きの人情味溢れる話で、拒否反応を示す者はあまりいないでしょうね」

「あんたは、そうじゃないっていうのか」

「子どもの視点が抜けているんですよ」

氏家が言うと、鳥海は目を丸くした。

「痛いと叫ばれるなり手を離した母親の方が愛情が深いというのが、まず短絡的発想です。親権争いで奉行所沙汰にまでなっているのに、子どもの腕を折るような羽目になったら面倒で敵わない。そういう女だったのかもしれない。つまり子どもの親権よりも自身がトラブルに巻きこまれるのを恐れた身勝手な女という解釈も成り立つ」

「九十九孝輔の母親も同じだということか。しかし孝輔が内縁の夫に盾突いたことがきっかけで養子縁組の話が成立した話はどうなる。あれは身を挺して自分を庇ってくれた息子への愛情じゃなかったというのか」

「過去の話で、しかも第三者の視点がはいっていますからね。今も言った通り、重要なのは子どもの視点です。身を挺して庇ったはずの母親から絶縁を突きつけられ、自分は親戚筋に放り出される。母親は愛人と手に手を取って姿を消す。子どもはそれで母親に感謝したのかどうか、わたしには甚だ疑問ですね」

「鑑定人ってのは人情よりも物的証拠を重んじる、か」

「情緒纏綿が苦手なんですよ。少なくとも数値化できなかったり、データ化できなかったりするものは想像の域を出ませんから」

「情緒に関心がない割に、母親の取った行動が気になるみたいだな。矛盾していないか」

「幼少時代の九十九孝輔が母親に抱いていたのは愛情なのか、それとも憎しみなのか。それによって被害者の横顔が変わってきます」

「今日、出向いたのは俺と母子の情愛について語り尽くすつもりだったのか」

「新しい仕事の依頼ですよ」

氏家が取り出したのはＡ４の紙片一枚だった。

「この条件に合致する人物を探してほしいのです」

紙片を一瞥した鳥海は途端に難しい顔になる。

「条件に合致するって……背格好と血液型、それに極端にだだっ広い行動範囲だけしか書いていないぞ」

「ええ」

「明確な住所や名前はないのか。名前が無理ならニックネームとか」

「全て不明です。わたしも見たのは一瞬でしたから。〈すめらぎハイツ〉近くに身を潜めて様子を窺っていた人物と大いに関係があります」

鳥海は紙片から目を離すとこちらを睨みつけた。

「首都圏全域から名無しの権兵衛を探せという意味になるな。本気か」

「今まで冗談で依頼したことがありましたか」

氏家が本気らしいと判断したのか、鳥海は不快そうに呻いてみせた。

「時々、とんでもない注文をしてくるな、お前さんは」

「鳥海さんがどんな要求にも応じてくれるからですよ」

「しょうがねえな」

鳥海は文句を言いながらも紙片をデスクの上に放り投げる。依頼内容が困難であればあるほど引き受けようとする。鳥海の性分を知った上での依頼だった。

「内容が内容だ。数日のうちに本人を特定して連れてこられるなんて期待するなよ」

「では、よろしくお願いします」

事務所を出た氏家は内心でほくそ笑んでいた。鳥海のことだから予想通りの成果を上げてくれるに違いない。調査の結果、該当者は発見できなかったと報告してくるかもしれない。

だが、それならそれで氏家は満足だった。


翌日、鑑定センターに出勤した氏家は姫谷《ひめたに》に声を掛けた。

「頼みたいことがあってさ」

「はあ」

姫谷は気乗り薄そうに答えるが、本人にやる気がない訳ではない。ただ感情表現が苦手でコミユニケーション能力に多少の難があるだけだ。

そんな姫谷だが、ひと度検査機器を扱わせれば目を輝かせて没頭する。根っから機械いじりが好きなのか、検査機器に不具合があれば直ちに故障箇所を見つけ出しメーカーに改善を要求する。具体的な故障原因を突きつけてくるので、メーカーにとってこれほど有難いユーザーもいない。かくて氏家の鑑定センターはメーカーからも一目置かれるようになった次第だ。

「ちょっと来て」

氏家は姫谷をラボに誘う。空きスペースに置いてあった代物を見て、姫谷は早速食いついてきた。

「所長、これ」

そこに鎮座していたのは、今朝早くに届けられたドローンだった。

「頼みというのは、こいつの扱いをマスターしてほしい」

「ドローン撮影ですか」

「うん。ただし君に頼むからにはただ飛ばすだけじゃ、僕は到底満足できない」

氏家が購入したのは業務用の機種で、高剛性と軽量を謳い文句にしている。通常の撮影のみならず、赤外線カメラを搭載しているので夜間の撮影も可能となる。氏家は製品に同梱されていた取扱説明書を取って読み始める。

「ええと、『機体の軽量化や安定性、バッテリー効率などを精査し、ノーロードで四十五分、最大ペイロード五キロとしたフライトは二十五分という長時間飛行を実現します』」

「五キロの機材を抱えて二十五分というのは大したものですね」

「『産業用ドローンに適した、一二〇〇〇mAhの大容量かつエネルギー密度の高いリチウムポリマーバッテリーを二個搭載。安定した出力と高性能な特性で長時間飛行を実現します』」

スペックを羅列されると、姫谷は次第に前のめりになっていく。ドローンそのものよりも、機体に秘められた性能に惹かれている証拠だった。

「『コネクター、スイッチ、外部ポート、シェル全体に防塵、防水処理が施されたプロポは、様々な動作環境に対応。高輝度七インチタッチスクリーンを内蔵し、操作性やデザイン性にも優れます』」

説明を読みながらプロポを姫谷に手渡す。両手に収まる大きさで、外見はラジコンのそれと大差ない。だが、姫谷は欲しかったオモチャを手にした子どものように顔を輝かせ始めていた。

オプションをつけて価格は税込み百万円を超える。鑑定センターに設えられた他の検査機器に比べればそれこそオモチャのようなものだが、今回の調査において重要度ははるかに高い。

「緻密な撮影をするのは当然として、下界にいる者に撮影を勘づかれてはならない。業務用と言っても、それなりの飛行音が発生するだろうからオリジナルの静音装置を実装させる必要がある。加えて制限時間内に目的物を適確なショットで捉えるよう、上手く機体をコントロールしなきゃならない」

難題を吹っ掛けられると、その度に姫谷の表情は昂揚していくようだった。コミュニケーション能力に難があるのなら、本人がコミュニケートできる舞台を用意してやればいい。

「しかもだ。今挙げた条件を全てクリアした上で、実行は四日後。さあ、できるかい」

「できると思ったから、所長は僕を指名してくれたんでしょ」

姫谷は打って変わって意欲的な物腰になる。ただ仕事をさせるだけなら検査機器と同じだ。仕事を通じて本人の能力を最大限に引き出し、成長を促す。それでなければ、わざわざ科捜研ＯＢをヘッドハンティングした意味がない。

「静音装置の実装に二日、操縦のノウハウに一日で充分間に合いますよ」

「それじゃあお願いするよ。よろしく」

姫谷の肩を軽く叩く。それが彼のエンジンを始動させる合図だった。姫谷は受け取った取扱説明書を貪るように読み始める。あの勢いなら昼食さえ忘れそうなので、後でサンドイッチでも差し入れしてやろうか。

例の品物が〈すめらぎハイツ〉の近辺で入手できるのかどうか。

鳥海があの人物を探し出せるかどうか。

そして姫谷が四日後までにドローンを完璧に扱えるかどうか。

三つのミッションによって御笠の裁判は大きく趨勢が変わるはずだ。今はとにかく彼らの手腕に頼るしかなかった。

ドローンを姫谷に託した氏家は、中央区銀座七丁目に向かった。〈レッドノーズ〉本社まで徒歩で行ける場所に氏家の目的地があった。

賑やかな表通りから二つほど裏道に入ると、クルマ一台通るのがやっとの細い路地に出る。そこは雑居ビルと飲食店が建ち並ぶ横丁でおよそ銀座のイメージとはかけ離れているが、そもそも銀座は高級店の聖地《メッカ》であるとともにサラリーマンの町だ。こうした横丁は銀座の裏の顔と言っていい。

氏家は雑居ビルの一つに入り、古めかしく狭いエレベーターで四階まで上がる。降りると、目の前のドアに〈銀座トライジェント〉のプレートが掲げられていた。

アポイントを取っていたので、来意を告げるとすぐに担当者がやって来た。元々狭いオフィスなので、氏家は部屋の隅のパーティションに区切られたスペースに案内された。

担当者は紅林《くればやし》と名乗った。

「〈レッドノーズ〉様の件でお尋ねでしたね」

「ええ。現在係争中の案件について調査をしています。これが弁護人の委任状です」

紅林はあまり関心のない様子で委任状を一瞥し、さっと氏家に戻した。

「確かに弊社では〈レッドノーズ〉様の借り上げ社宅について仲介を行っています。ご指名の〈ヴィラ銀座〉805号室もそのうちの一つです」

「以前、九十九孝輔氏が賃借していた部屋ですね」

「ええ。ですが今その部屋に入居しているのは別のお客様です」

「九十九氏は退職してしまいましたからね。後に入居したのは、やはり〈レッドノーズ〉の社員さんですか」

「ご承知と存じますが」

紅林は営業スマイルを崩すことなく、やんわりと釘を刺しにきた。

「前入居者が退去する際、部屋は徹底的にクリーニングを施します。弊社は信用の置ける業者と提携しており、ハウスクリーニング後は毛一本、足跡一つ残りませんよ。九十九さんの残留物は塵も残っていません。しかも現在は新しい入居者が生活しているため、部屋の立ち入りは厳にお断りする所存です」

紅林が営業スマイルを張りつけている理由が判明した。氏家が当該の部屋を捜索したがっているると早合点したらしい。

「入居者のいる部屋に押し入るつもりは毛頭ありません。わたしが拝見したいのは御社で保管しているはずの書類ですよ」

「会社の文書を無闇にお見せできません。少し前のことなので、残っているかどうか」

予想していた通りの対応だったので、氏家は少し意地悪を言いたくなった。

「こちらに来る前に一夜漬けで関連法規を漁りました。宅地建物取引業法49条に『宅地建物取引業に関し取引があったつどその年月日、その取引に係る宅地又は建物の所在及び面積その他国土交通省令で定める事項を記載しなければならない』とあります。更に会社法４３２条２項には仲介者が株式会社であった場合は、『会計帳簿の閉鎖の時から十年間、その会計帳簿及びその事業に関する重要な書類を保存しなければならない』と規定されています」

話している最中、自分の行為がひどく子どもじみたものであることに気づき、急に恥ずかしくなった。だが、事は御笠の冤罪を晴らすためだ。

「弁護人は〈レッドノーズ〉の社員である御笠氏のために各方面を奔走しています。被告人は草薙代表をはじめ多くの社員から評価され慕われている人物です。その御笠氏を救おうとする動きに水を差すようなことになれば、〈レッドノーズ〉は御社との付き合い方を考え直すかもしれませんね」

「脅しですか」

「可能性を申し上げただけです」

しばらく紅林は恨めしそうに氏家を睨んでいたが、やがて奥に引っ込むとファイルを片手に戻ってきた。

「これで間違いありませんか」

紅林の示した文書を確認する。確かに氏家が求めていたものだ。

「コピーは不可です。この場で確認なり照合なりなさってください」

「コピーをいただくつもりは最初からありません。現物をお借りしたいのです」

「何ですって。それはいくら何でも」

「もう一度、申し上げます」

氏家は一拍置いてから徐《おもむろ》に口を開く。

「現物をお貸しください。あなたの判断に人一人の命がかかっています」

2

十月十五日の第二回公判を前に、氏家は美能の訪問を受けた。

「急にお邪魔して申し訳ない」

美能は済まなそうだったが、氏家の側にもするべき報告があるのでちょうど都合がよかった。

正面に座った美能を見た瞬間、彼に纏わりつく不安の正体に気づく。

絶望的な反証材料の少なさだ。

「話を聞きました。甲七号証、問題の体液が付着していると思しき部分はことごとく切り取られていたそうですね」

「残念ながら。ティッシュペーパーにはただの一滴も体液は付着していませんでした」

「裁判官立ち会いの下、証拠物件を提供してきたのは法廷外での駆け引きだとばかり考えていたのですが、実際には我々をぬか喜びさせて戦意を殺ぐつもりだったのかもしれません」

「否定できませんね。あの槙野という検察官は見かけ以上に狡猾ですよ。相手の心を折る術に長けています。もっとも嫌がらせの大本は科捜研である可能性も大ですが」

「しますかね、科捜研がそんな子どもじみた嫌がらせを」

「弁護側の鑑定人がわたしと知ればするでしょうね。公私ともに恨み骨髄でしょうから」

「相手があなたでなければ科捜研は協力的に対応してくれたと思いますか」

「思惑がどうあれ、科捜研の提出する分析結果は常に検察有利なものになります。不都合な結果が出たとしても提出しなければそれで終いです」

裁判は必ずしも公明正大ではない。各々に被告人の権利を護る立場と、有罪率100パーセントを至上命題とする立場がある。相容れないのは当然であり、都合の悪い証拠を意図的に無視するのはもはや日常茶飯事だ。

「先日、南条裁判長から遠回しに言われました。東京地裁は慢性的に案件過多になっている。だからと言って裁判官を闇雲に増やすこともできず、現状は早期に公判を終了させて判決を言い渡すしかない。むろん審理の拙速は論外だが、争点がない審理については弁論のための弁論は百害あって一利なし。そう言われました」

氏家は返事に窮した。

南条裁判長の言い分は裁判所側の都合でしかなく、被告人の人権と法廷の存在意義を蔑ろにするものだ。

だが現実論としては肯《うべな》わざるを得ない。裁判の長期化と案件の山積は裁判所の潤滑な運営を阻害するだけでなく、裁判費用の増加と関係者の疲弊を招くからだ。どれだけ高邁な理想を掲げたところで、人の世も裁判もカネと時間に縛られている。南条が裁判の早期結審を企図するのはむしろ当然と言えよう。

「正直、甲七号証についての反証が突破口だと考えていたので、所長から連絡をいただいた時には暗い穴に落ちていくような気分でした」

美能の落ち込みようは相当なものだ。しばらく氏家は掛ける言葉を失っていた。

「槇野検事のロジックは単純ですが、単純なだけに説得力があります。被告人は殺害および現場への侵入を逮捕当初より一貫して否認している。部屋に侵入していないから殺害もしていない。つまり侵入と殺害がワンセットであることを認めている。その供述を踏まえた上で甲七号証は彼が部屋に侵入した事実を雄弁に物語っている。たった一つの、しかし最悪の物的証拠ですよ」

氏家は躊躇する。

まだ手元にカードは揃っていない。不確実な段階で逆転を匂わせてしまっては、それこそ美能の言うぬか喜びになる惧れがある。

だが打ちひしがれている美能を前にすると、自制心が揺らいだ。

「美能先生、まだ悲観するのは早過ぎますよ。南条裁判長が結審を急いだところで、残りの裁判官と裁判員が疑念を持てば公判は維持できます」

「しかし肝心の反証材料がなくては。徒手空拳では闘えるものも闘えないでしょう」

「反証材料、ないことはないんです」

途端に美能が目を輝かせた。

「本当ですか」

「ええ。しかし、法廷に提出し、裁判官の心証を引っ繰り返すにはまだ確度が足りません。もう少し時間をください」

「わたしが裁判官の立場なら一年でも二年でも献上しますよ。でも公判期日を決めるのは南条裁判長です。裁判長が次回結審と宣言した時点でゲームオーバーなんですよ」

「御笠は安直なゲームオーバーを絶対に許してくれませんよ」

氏家はぐいと顔を近づける。美能のような人間は元気づけるだけでは足りない。

覚悟を決めてもらおう。

「美能先生。わたしは御笠の弁護のためには多少の違法行為も厭わないつもりです」

「違法行為だなんて、所長そんな」

「もちろん発覚するようなヘマはしません。しでかしたとしても精々五十万円以下の罰金でしょう。しかし鑑定センターの信頼は地に堕ちるかもしれない。わたしは、そこまで腹を括っているんです」

努めて冷静に言ったつもりだったが、美能の顔は蒼白になっていた。

その日の夜遅く、鳥海から会いたいと連絡があった。このタイミングなら依頼内容の報告だと見当がつく。氏家は彼を鑑定センターに招くことにした。秘密を保てる場所は他にも沢山あるが、鳥海が何らかのデータを持参してきたら、その場で分析できるからだ。

「こんばんは」

約束の時間きっかりに鳥海は現れた。鳥海はセンター内部の設備や検査機器の数々を興味深げに眺めている。そう言えば彼をセンターに招いたのはこれが初めてだった。

「元警察官が、そんなに検査機器が珍しいですか」

「科捜研に入り浸るような刑事はいなかったよ。少なくとも俺が現役の頃には」

「話を伺いましょう。調査報告ですよね」

鳥海は先日のメモを胸のポケットから取り出した。

「特定条件は背格好と血液型のみ。調査範囲はほぼ首都圏全域。行方不明者の捜索だって、これよりは簡単だぞ」

「鳥海さんならどんな依頼だって一緒でしょう。鳥取砂丘から砂金ひと粒でも見つけてきそうだ」

褒められるのが苦手なのか、鳥海はひどく嫌そうな顔をして紙片を突きつけてきた。

「最初に言っておくが、特定できた訳じゃない。条件が揃っていて、あんたが〈すめらぎハイツ〉にいた時刻のアリバイがない人間に絞った」

「でも、このリストに載っているのは一人だけですよ」

「長いことヤサに戻っていないのは、そいつだけだった。隣人一人いなくなった程度じゃ気にもしない土地柄だからできた相談だろう」

「依頼した側で言うのも何ですが、よく血液型まで分かりましたね」

「定期的に献血していたのさ」

鳥海は更に一枚の書類を差し出してきた。何と血液検査の成績だった。

「不摂生な生活をしていたから健康に不安があったんだろうな。だが定期健診は結構なカネがかかる。そこで献血だ」

血液センターでは献血に協力した者に向けて七項目の生化学検査成績と八項目の血球計数検査成績を圧着ハガキで通知してくれる。費用はタダで、その上感謝もされる。

「受付時にB型・C型・E型肝炎検査、梅毒検査、HTLV-1抗体検査の結果通知を希望した者には、異常を認めた場合献血後一カ月以内に親展ハガキで教えてくれる。費用要らずで懇切丁寧、貧乏人にはうってつけの健康管理だな」

「この検査結果もいただけますか」

「俺が持っていても何の役にも立たん」

「感謝します。しかし本人のもとか血液センターにしか保管されていないはずの血液データをどうやって入手したんですか」

「そいつは企業秘密ってやつだ」

鳥海は不敵に笑って言葉を濁した。問い詰めたら、互いの信頼関係が変化しそうな予感があったので、敢えて深追いはしなかった。

「それで満足かい」

「あなたに無理な依頼をした自分を褒めてあげたい気分ですよ」

「けっ」

ともあれ、これで氏家のカードは揃った。

舞台は整った。後は第二回公判を待つのみだった。

3

十月十五日、東京高等地方簡易裁判所合同庁舎前。

氏家は姫谷と相倉に指示の内容を確認させていた。

「二人のことだから間違いはないと思うけど、念のためにね」

「ドローンを間違いなく操縦する術は手に入れましたけど」

姫谷は氏家の心配をよそに、どこか楽しげだった。

「飛ばしたこと自体が間違いだと言われませんかね、これ」

姫谷が言うのも無理はない。現在、ドローンの飛行には数々の規制がある。その一つが場所の問題だ。小型無人機等飛行禁止法では、国の重要施設等（国会議事堂・主要官庁・最高裁判所・皇居・政党事務所また防衛関係施設や原子力発電所など）の周辺地域の上空における小型無人機等の飛行は原則として禁止されている。違反した場合の罰則は、一年以下の懲役または五十万円以下の罰金だ。

事前に航空法等の関連法令を調べた相倉は気が気でないという顔をしている。根っからの心配性なので、氏家や自分たちが違法行為に手を染めているのではないかと案じているのだろう。

「最高裁じゃないから、ぎりぎりＯＫ。仮に『国の重要施設等』に含まれるとか言いがかりをつけられたら、美能先生に弁護してもらうよ」

氏家は二人に向かって緊張を解すように、しかし仕事の重さを忘れさせないように諭す。

「君たちが調べ上げたことが決して見当外れではなかったと証明する作業だ。後のことは気にしなくていい」

姫谷は安堵したように口元を緩ませる。横に立つ相倉は自信なげに頷いてみせる。姫谷の楽観主義と相倉の慎重さを足して二で割ればちょうどいいのにと思う。

「じゃあ、いってくる」

氏家は踵を返して庁舎正面玄関へと向かう。今回も八階フロアの八一八号法廷が闘いの舞台となる。

八階で降りて、フロア隅にある控室に入る。中では美能が一人きりで待っていた。

「ご足労をかけて申し訳ない」

「お気になさらず。早いうちの出廷はむしろ大歓迎です」

検察側の戦法は予測がついている。南条裁判長が裁判の早期結審を企図しているのは検察側にも筒抜けになっているだろう。いや、この場合は槇野検事が南条裁判長の意を汲み取って、甲七号証の有効性を盾にこちらの反証を撥ね返しにくるに相違ない。

「まだ公判二回目だというのに性急なことですよ、全く」

第一回目どころか公判前整理手続から劣勢を強いられてきた美能は不満たらたらの様子だった。考えてみれば被告人の勤務先の顧問という理由だけで不慣れな刑事弁護を任され、検察側と裁判所側双方から頭を押さえられ散々な気分だったと想像できる。

「性急なのは慣れていますよ。民事では、こういう展開は珍しいですか」

「ケース・バイ・ケースですね。ただ企業間の係争の場合はお互いのブランドイメージがあるので、結審前に和解してしまうことが少なくありません。裁判長自身が和解勧告しますしね。そもそも民事裁判は白黒をつけるというよりも、双方に納得いく結論を導くといった色合いが強いのですよ」

美能の自己弁護と取れなくもないが、氏家自身が民事事件と関わることも少なくないので彼の言葉には同調できる。畢竟、相手が有罪率100パーセントを目指す検察となっている時点で白黒はつけざるを得ない。

「勝算はありますか、氏家さん」

「ありますよ。でも、勝算がなければ積み重ねて増やせばいい話です」

「自信がおありのようですね」

「証拠を集めましたから。証拠を集めれば集めるほど仮説の精度が上がっていきます」

「しかし氏家さん。相手はこちらの目論見に乗ってくれますかね」

その時、氏家のスマートフォンが着信を告げた。発信者は相倉だった。

『所長。たった今、例の人物が現れました』

氏家は心の中で快哉を叫ぶ。本日の公判はまだ二回目ということも手伝って傍聴は抽選になっていないはずだ。

『そのまま庁舎の正面玄関に向かいます』

「歩容システムは」

『ばっちりです』

「映像、こちらに送ってくれないか」

数秒後、合同庁舎前を俯瞰で捉えた映像が飛んできた。拡大すると一人一人の歩容が克明に映し出される。

「氏家さん、何か緊急ですか」

「最後のピースです。実はドローンを飛ばして、庁舎に入る人間を一人残らずチェックしていたんです」

「わたしは知らせてもらっていません」

「違法行為ぎりぎりでしたからね。弁護士さんに予め伝えることに躊躇したのですよ」

氏家は勢いよく立ち上がる。開廷五分前だった。

「いきましょうか、美能先生」


抽選がなかったとはいえ、八一八号法廷の傍聴席は満員だった。

今回も全員がマスクを着用しており、その表情は読み取り難い。

やがて御笠が入廷してきた。前回面会した時よりも更に頬の肉が削げ落ちている。

待っていろ。

「ご起立ください」

廷吏の合図で廷内の全員が立ち上がり、やがて壇上の裁判官席に彼らが登場する。南条裁判長、右陪審平沼裁判官、左陪審三反園裁判官、そして六人の裁判員たち。さすがに慣れたのか、裁判員たちも初回ほど緊張はしていないようだ。

南条裁判長たちが着席するのを見計らい、廷吏が全員に着席を促す。

「では令和二年（わ）第二五二四三号事件の審理を始めます。前回は甲七号証について、検察官の主張、即ち被告人は殺害および現場への侵入を逮捕当初より一貫して否認しており、部屋に侵入していないから殺害もしていないと供述している。従って侵入と殺害がワンセットであることを認めているという説明で終わりました。検察官、それでよろしいですか」

槇野は余裕綽々という体で頷いた。

「結構です」

「甲七号証の存在によって、被告人が現場に足を踏み入れていないという主張は否定され、やはり被告人の否認には矛盾が生じるということです。弁護側は何か反証がありますか」

穏やかな口調ながら、南条裁判長が美能を追い詰めているのは歴然としていた。検察側の一点突破は否めないものの、裁判官と裁判員たちを納得させる反証がない限り、判決は検察側に傾く。

「裁判長。弁護側は反証のために証人尋問を請求するものであります」

「検察官、いかがでしょうか」

「結構です」

「では弁護人、どうぞ」

美能がこちらに視線を送ってきた。

出番だ。氏家は立ち上がり、証言台へと歩く。

証言台に立ち、まず宣誓を行う。

「良心に従って真実を述べ、何事も隠さず、偽りを述べないことを誓います」

証人宣誓は何度もしているので、口を開けば宣誓書を読まずとも口からするすると言葉が出てくる。

「証人、姓名と職業を言ってください」

「氏家京太郎、民間の鑑定センターを開いています」

ここで美能が聞き手となる。

「証人が今回、わたしから鑑定依頼を受けたのは何でしたか」

「この法廷で甲七号証と呼称されているティッシュペーパーです」

「証人はそのサンプルをどのようなルートで入手しましたか」

「検察官を介して科捜研から届けられたものを、弁護人から渡されました。科捜研からの報告書も拝見しています」

「裁判長。お手元には科捜研から甲七号証の一部を提供する旨の文書があると存じます。よって証人である氏家氏が鑑定した証拠は甲七号証と同一であることが証明されています」

「弁護人、続けてください」

「では証人。甲七号証を鑑定した結果を述べてください」

「鑑定したティッシュはマルイチ製紙が製造・販売している〈ソフィーエコSP〉という商品で

した」

商品名を告げた途端、南条たち裁判官が全員興味深げな顔になる。変化があったのは槇野も同様で、こちらは氏家の証言の意味を探ろうとしている表情だった。

「証人。何故商品名までが特定できるのか説明をお願いします」

「まず〈ソフィーエコＳＰ〉は再生紙であることを申し上げます。再生紙は使用済みの紙から、原料である木材の繊維以外のものを取り除いて生産されます。たとえば牛乳パックであれば表面に貼られているフィルムを取り除き、一般の古紙であればインクや表面コートされている細かな不純物を取り除いてから原料精製します。ただ、古紙や雑紙よりも牛乳パックを原材料にした方が、より良質な再生紙を製造できるのは確かです。紙がどのような成分で構成されているかは波長分散型蛍光Ｘ線分析装置で分析するのですが、この〈ソフィーエコＳＰ〉はどのメーカーの製品よりも牛乳パック由来の成分の含有率が高いことが分かっています。甲七号証の成分表は、まさに〈ソフィーエコＳＰ〉と一致しています」

科捜研から提供されたティッシュペーパーにただの一滴も体液が付着していないのを知った時、翔子は慨嘆したが、日頃から紙片の分析をしている氏家はその色と手触りから、家庭用のものではないと見当をつけていた。分析してみれば、果たして的中したのだ。

「伺いますが、その〈ソフィーエコＳＰ〉なる商品は一般に販売されているものなのでしょうか」

「いいえ。一般には流通していません。再生紙という事情も手伝って業務用での販売がもっぱらです。製造元のマルイチ製紙も通販は法人向けに限定しています」

「ほんのひと箱も個人が入手するのは不可能でしょうか」

美能の芝居ぶりはどこか危なっかしいものの、氏家から的確な証言を引き出すことに成功している。昨日、徹底的に練習した甲斐があるというものだ。

「わたしは流通事情に精通していないので全く不可能とは断言できませんが、少なくとも被害者が易々と入手できたとは考えられません」

「そう判断した理由をお聞かせください」

「被害者が居住していた〈すめらぎハイツ〉を中心とした半径一キロ内に同商品を置いている販売店は存在しないからです。コンビニエンスストア、ドラッグストア、雑貨屋、文房具店、およそティッシュペーパーを置いていそうな店舗全てを探索しましたが、ただの一軒も見つかりませんでした。念のために仕入れの有無も確認しましたが、いずれも同商品は取り扱っていないとの回答でした」

「被害者が買い出し以外で問題のティッシュペーパーを入手した可能性はありませんか」

「わたしは被害者が居住していた部屋に残されていたゴミ袋の中身を取り出して分類しましたが、通販の包み紙は一つも採取できませんでした。また九十九孝輔という人物が買い物をする際は生活圏内のコンビニエンスストアをもっぱら利用していたことが分かっています」

「それは何故でしょうか」

「NECの開発した時空間データ横断プロファイリングというシステムがあります」

まず氏家は時空間データ横断プロファイリングの概要を簡潔に説明する。

「九十九孝輔氏が勤めていた〈レッドノーズ〉の防犯カメラで九十九氏の歩容パターンはデータ

が取れています。〈すめらぎハイツ〉周辺のコンビニには同じ歩容パターンの人物が定期的に訪れており、九十九氏自らが買い出しに出掛けていた事実が確認できます」

「裁判長」

説明半ばで槇野から手が挙がった。

「証人の説明は要を得ません」

「裁判長、弁護側は証人の言葉から、検察側が未だ知り得ていない事実を開示させるつもりです。今しばらくお付き合い願いたいと思います」

美能にしてみれば一世一代の勝負といったところか、南条裁判長を正面から見据えて微動だにしない。南条も興味を抑えきれないのか平沼と三反園に目配せをした後、美能に先を促した。

「ありがとうございます、裁判長。では続けます。証人、九十九孝輔氏が問題の〈ソフィーエコSP〉を自宅周辺で入手していた可能性は甚だ僅少という事情は把握しました。では自宅周辺以外で九十九孝輔氏が入手できる場所はあるのでしょうか」

「九十九氏が立ち寄る場所に限定するのであれば〈レッドノーズ〉本社です。同社はマルイチ製紙の会員になっており、〈ソフィーエコSP〉他、同社製品を定期的に購入しています」

「証人、それはどういう状況を仮定しているのでしょうか」

「九十九孝輔氏が、〈レッドノーズ〉内で被告人御笠氏が鼻をかんだ際に使用したティッシュを、そのままこっそりと自宅に持ち帰ったものと想定します。無論、後で被告人が部屋に侵入した証拠として利用するために」

「異議あり」

再び槙野の手が挙がる。

「裁判長。弁護人は証人による印象を語らせようとしています」

「異議を認めます。証人は事実のみを証言するように」

検察側から異議申し立てが出るのは織り込み済みだ。美能は臆することなく次の台詞を口にする。

「では証人。甲七号証以外に鑑定したものはありますか」

「あります」

「それは何ですか」

「死体発見現場に残されていた居住者の指紋と九十九孝輔氏の指紋の照合です」

「詳しく証言してください」

「〈すめらぎハイツ〉202号室からは被害者と思われる人物の指紋が多数検出されています。この指紋は死体に残ったわずかな指紋とも一致しており、よって死体は九十九孝輔氏であると判断されています。もちろん指紋のみならず血液をはじめとした体液も現場から採取され、被害者の体液と一致しています。それだけではなく、九十九孝輔氏の健康保険証からは彼がこの二月に健康診断を受けていた事実が判明、加えてその際に採血したデータが医療機関に残っており、死体から採取した血液とそれが一致したため、死体は九十九氏本人であると特定されています。しかし、わたしは別の物的証拠から全く違う結果を得ています」

南条をはじめとした裁判官と槙野が同時に目を剝いた。

「別の物的証拠とは何ですか」

「九十九孝輔氏が〈レッドノーズ〉勤務時に借り上げ社宅としていた賃貸物件があります。〈ヴィラ銀座〉８０５号室という物件ですが、この賃貸借契約書がその物的証拠です」

〈銀座トライジェント〉の紅林を宥めすかして提出させたのが賃貸借契約書だった。顔写真つきの身分証を提示の上、担当者の面前で記入させたのだから、九十九孝輔本人の直筆であることは疑いようがない。

「わたしは退去時の賃貸借契約書の原本を借り受け、仲介業者の担当者たちの指紋も採取しました。その上で賃貸借契約書に付着していた全ての指紋を照合した結果、たった一つだけ不詳の指紋を抽出しました。担当者の面前で署名したという証言もあり、残った指紋が九十九孝輔氏の指紋であることは疑いようもありません。しかし照合した結果、この指紋は死体の指紋とは全くの別物でした」

氏家は南条裁判長に向き直り、一語一語を明確に伝える。

「従って、〈すめらぎハイツ〉２０２号室で発見された死体は九十九孝輔氏ではないと判断せざるを得ないのです」

法廷にざわめきが起きた。槙野と御笠は口を半開きにし、壇上の裁判官たちは困惑気味に顔を見合わせている。

「しかし証人。健康診断を受けた際に採取された血液と、死体のそれが一致しているのですよ」

「健康診断を受けたのが別人だったとしたら、九十九孝輔氏の保険証を持った別人が殺害されたとしたら一致して当然です」

「異議あり」

看過できないという顔で槇野が声を上げる。

「弁護人は証人にありもしない可能性を語らせて法廷を混乱させようとしています」

ここで黙らされて堪るか。

「誰が九十九孝輔氏の名前を騙って健康診断を受けたのかは、既に分かっています」

「何だって」

狼狽える槇野を尻目に氏家は説明を続ける。

「鍋島陶治《なべしまとうや》という人物です。年齢は三十七歳、荒川の河川敷を塒《ねぐら》にしていた人物ですが、今年三月から行方知れずとなっています。彼は定期的に献血をしており、血液検査の成績が残っています」

氏家は用意していた紙片を取り出す。鳥海が何らかの手段で入手した、鍋島陶治の血液検査の成績と、九十九の名前を騙った人物から採取された血液の検査結果を比較対照したものだ。廷吏に伝えて、槇野や裁判官たちにも同じものを配布してもらう。

「七項目の生化学検査成績と八項目の血球計数検査成績です。二つを比較すれば明白ですが、血液データはほぼ同じ数値を示しています。つまり九十九孝輔氏の名前で健康診断を受けたのは鍋島陶治氏ということになります」

「逆に九十九氏が鍋島陶治という架空の名前で献血をしたという解釈は成り立ちませんか」

美能は白々しく訊いてくる。

「鍋島氏は定期的に献血をしています。データに残っている記録を辿れば、九十九氏が就業している時刻と重なっていることが分かります。従って九十九氏が鍋島氏の名前を騙って献血をしたことはありません」

「では〈すめらぎハイツ〉２０２号室で発見された死体は九十九孝輔氏ではなく、鍋島陶治氏ということになる」

「ええ、その通りです。おそらく計画は二月から始まっていたと考えられます」

氏家が私見を語り出しても、もう槇野は遮ろうとしない。目の前の急展開に心を奪われている様子だ。

「九十九氏は自分と背格好が似ている人物を捜し、鍋島氏を見つけます。二月、彼に自分の保険証を渡して健康診断を受けさせ、彼の血液データを医療機関に残します。三月に九十九氏は〈レッドノーズ〉を退職し、借り上げ社宅から〈すめらぎハイツ〉に居を移しますが、これはあくまで住民票上のことです。契約時に近くまで数回足を運んだ様子は近隣の防犯カメラの映像に残っていましたが、〈すめらぎハイツ〉２０２号室に鍋島氏を住まわせてからは、自分は別の場所に移るか、さもなければ鍋島氏のようにホームレスとして生活していたと思われます。そして時々近くのコンビニで生活用品を調達し、鍋島氏をなるべく外に出そうとしませんでした。２０２号室の住人の顔を誰にも見られたくなかったからです。二カ月以上軟禁状態にあれば、部屋の中はその住人の毛髪や指紋、体液でいっぱいになります。一方、九十九氏は退職する際、自分のデスクの中身をぶち撒け、私物も備品も一切合財をゴミ箱に放り込み、ボールペン一本、メモ用紙一枚に至るまで廃棄しました。それは自分の指紋や体液を一切残さないための手段だった訳です。もっとも借り上げ社宅の賃貸借契約書にまでは注意が及ばなかった。及んだとしても契約書は仲介業者の管理下にあるので手出しできなかったでしょうがね」

南条たち裁判官も槇野も、そして傍聴人たちも氏家の説明に聞き入っている。本来、大勢を前にして弁舌を揮うなど性に合わないが、これも致し方ない流れだった。

「鍋島氏が殺害されたのは五月頃でした。しかし九十九氏は部屋に施錠して第三者の侵入を防ぎます。まだ死体が原形を保っている状態では入れ替わりが露見してしまうからです。そして死体の腐敗が進行し、白骨化して人相も分からなくなった時点で開錠します。異臭に気づいた誰かがドアを開けた瞬間、『202号室に住んでいた九十九孝輔という男』の死体が発見されるという寸法です」

氏家がひと息吐くと、美能が後を継いだ。

「裁判長、お聞きになりましたでしょうか。ただ今の証言により、〈すめらぎハイツ〉202号室で発見されたのは九十九孝輔氏ではないことが証明されました。従って、この事件そのものが成立しません」

南条たち三人の裁判官は声にならない呻きを上げる。六人の裁判員はいずれも困惑を隠そうとしない。

被告席の御笠は啞然としている。自分の無実は信じていても、殺害されたのが見知らぬ人間だったとは想像もしていなかったに違いない。

ややあって、呆けたように南条が問いかけてきた。

「証人。それでは本物の九十九氏はいったいどこにいるのですか」

「この法廷にいますよ」

その瞬間、視界の隅で動く人影があった。

「廷吏。その人を確保してください」

傍聴席から立ち上がり、ドアに向かおうとした人物を廷吏が捕えた。相倉から連絡を受けた直後、氏家は担当の廷吏と打ち合わせを済ませていたのだ。

「お手数ですが彼のサングラスとマスクを外してあげてください。裁判長、彼こそが九十九孝輔氏です」

廷吏によって素顔を晒された九十九は、こちらを睨みつけてきた。陰気で粘りつくような視線だった。

九十九が生きていることは確信が持てたが、身柄を確保できるかどうかは半信半疑だった。しかし鍋島の殺害後も己の犯行が露見しないか〈すめらぎハイツ〉周辺を探っていた男だ。必ず御笠が裁かれる場面を直接鑑賞しようとするだろうからと、ドローンで監視したのは正解だった。九十九の歩容パターンはデータ化していたので、ドローンで撮影した時点で彼が傍聴することが確信できたのだ。

被害者と目されていた人間が法廷に現れたなど前代未聞に違いない。南条裁判長は当惑気味に廷内を見回す。

「いったん閉廷します。廷吏はその人の身柄を警察に預けてください。検察官と弁護人はこちらに」

九十九が背を向けても、粘液質の視線がべっとりと身体に纏わりついているようだった。

被告席の御笠は廷吏に連行されていく九十九を呆気に取られて見ていたが、彼の姿が消えると今度は氏家に視線を移した。

「驚いた」

「だろうな」

「九十九が生きていたこともだが、お前があんなに能弁だとは知らなかった。大した名探偵ぶりじゃないか」

途端に恥ずかしくなった。

「ああいうのは柄じゃない。今回だけの特別興行だ。勘弁しろ」

「俺だけのための特別興行か」

「黙っていろ。もう一度房に入らせてやろうか」

4

御笠は拘置所の面会室で九十九と対峙していた。面会室は初めてではないが、今日の自分はアクリル板のこちら側にいる。たったの数日で座る位置が逆転するのは妙な心持ちだった。

「嘲笑いにきたのか」

九十九の第一声は尖っていた。

「まあ、いい。何せ殺人犯の汚名を着せられたんだからな。喋うだけ喋えばいい。唾を吐きかけてもいいぞ。もっともこのアクリル板が汚れるだけだが」

「確かに拘置所の生活はひどかった」

一瞬、房での生活が脳裏に甦る。命令と服従、恐怖と不安。思い出すだけで胃の辺りが重くなる。

「嗤いたくなったらその時に思う存分嗤ってやる。だが今日面会にきたのは嗤うためじゃない」

「じゃあ何の用だ」

「お前から直接話を聞きたかった」

「話も何も法廷であの忌々しい鑑定人が暴露した通りだ。何も付け加えることはない」

「まだ動機を聞いていない」

御笠にとって犯行の手口や下準備の説明など、どうでもよかった。知りたいのはただ一点、何故九十九が人殺しをして、その罪を自分に着せようとしたかだった。

「どうしてあの鍋島という人を殺す必要があった」

「あいつのフルネームを知ったのは法廷が初めてだった。生きているうちは自分でも『ナベ』としか名乗らなかったからな。俺と背格好が似ていれば誰でもよかった。ただホームレスなら、ある日いなくなったところで誰も気にしやしない。身代わりにはちょうど都合がよかったのさ」

「じゃあ鍋島さんを殺したのは」

「そうだ。お前に殺人の罪を着せるための犠牲だ。それ以上でもそれ以下でもない」

「よく身代わりを承諾したものだ」

「交渉は拍子抜けするくらい呆気なかった。河川敷で焚き火をしていた彼に近づいてカップ酒を呑み交わすと、それだけでこちらに気を許した。その上でこう誘った。『二カ月間だけ俺と君の人生を交換しないか』とな。俺は期間限定ながら放浪生活がしてみたい。君には三良と生活全般を保証する。ただし入れ替わりが発覚すると転貸云々を指摘されるから、一歩も外に出ないことを条件とする。二月で、河川敷はまだ寒さが厳しかった。仕事がなくて食事にも事欠いていた。ナベさんは二つ返事で承諾した」

「足元を見たんだな」

「好条件を出しただけだ」

「そんなに俺が憎かったのなら、こんな回りくどいことをせず、直接俺を刺すなり殴るなりすればよかったじゃないか」

「それじゃあ足りない。全然だ」

九十九は不敵に笑う。拘置所に拘束された身の上だから虚勢を張っていると受け取る者もいるだろうが、御笠の印象は違う。

九十九はこの期に及んでも尚、御笠を挑発し嘲りたいのだ。

「身に覚えのない罪を着せられ、検察側優位で進行する裁判に神経を削られ、刑が確定したら十年二十年と刑務所で人生を棒に振り、出所したらしたで、毎日後ろ指を差されながら怯えて暮らす。死ぬ時は薄い布団に包まって後悔と怨憤に塗れて野垂れ死ぬ。そういう風にお前が死ぬように願っていた」

元より問題発言の多い男だったが、こうまで口汚ければむしろ清々しい。

「俺を憎んだのは、やはり礼香さん絡みなのか」

「それ以外に何がある」

九十九は敵意を剝き出しにする。

「ゲームクリエイターの才能は俺の方が上だった。会社により多くの利益をもたらしたのは俺だ。

それに比べてお前ときたら凡庸で、卑俗で、どうしようもないほどありきたりだった。そんな最低のヤツに礼香さんを奪われた。俺の味わった屈辱が分かるか。今まで軽蔑してきたヤツに大切なものを奪われた悔しさが分かるか」

「プライベートはともかく、俺はお前を尊敬していた。ゲームクリエイターとしては一流だと一目置いていた。今でも大した才能だと感服している。それなのに、そんなつまらん怨みで棒に振りやがって。手前の才能がもったいないとは思わないのか」

「初めて自分よりも大切な存在と思えた相手だった。彼女が手に入らないのなら、他のものなんてどうだっていい。お前に苦しみを与えるためだったら、九十九孝輔の名前を捨てるなんてものの数じゃなかった」

「俺に鬱憤を晴らしたところで礼香さんの気が変わる訳じゃないだろう」

「気は変わるさ」

九十九は勝ち誇ったように嗤う。

「結婚するはずだった男は殺人犯の汚名を着て刑務所暮らし。残された彼女は悲嘆に暮れる。いずれは新しい男を見つけるだろうが、その間は悲しみ続ける。彼女の心に傷痕が残るのなら、それで満足だ」

「好きになった相手じゃないのか」

「俺を愛してくれない女なら要らない。俺のものにならない女なら不幸になってほしい」

まるで感情の籠らない声を聞き、御笠は氏家から伝え聞いた話を思い出した。九十九が母親から育児放棄され、養子に出されたという過去だ。当時、九十九は十二歳と多感な時期だった。同居していた男からは虐待され、実の母親からは見放された。その体験が九十九の人格形成に影を落とした可能性は否定できない。彼の社交性のなさや情愛の薄さが幼少期の体験に起因するものと考えたら、もう御笠は九十九を憎みきれなくなっていた。

「ずいぶんと余裕な顔をしているな」

「お前にそう見えるのなら、どんな弁解をしても無駄だな」

するど、九十九は少し驚いたように目を見開いた。

「意外だな」

「何が」

「初めて俺という人間を理解したみたいだな」

「きっと同じ境遇を味わったからだろうな」

「ふん。お前にしちゃあ気の利いた返しだ。ちょっと見直した。だが間違いだ」

何故か九十九は嬉しそうに言う。

「同じ境遇になっても、お前が俺を超えることは有り得ない。今までも、これからもだ」

やがて九十九は低く笑い始める。御笠はどう反応していいか分からず、居たたまれなかった。


拘置所の門では氏家が待っていた。

「訊きたいことは訊けたか」

「聞きたくないことまで聞かされた。しばらく毒気を抜いておきたい」

「礼香さんを待たせているんじゃないのか」

「九十九の企みを知って、彼女も結構なショックを受けている。今はそっとしておいてやりたい」

何しろ自分が御笠を選んだせいで人一人が殺されたのだ。事実を聞き知った直後は、その場で盛大に嘔吐したらしい。のほほんとしているようだが、意外に繊細なところがある。今は自分が何を言っても逆効果にしかならないのではないか。

「九十九の過去を教えてくれたよな。それで〈レッドノーズ〉時代、あいつが非社交的だったり、極端な能力主義者だったりしたことがいちいち腑に落ちた。俺への怨みだけで、わざわざ見知らぬ他人を殺害するなんて常軌を逸しているが、それも成育環境のせいだとしたら、何か身につまされてな」

「それはとても不健全な考え方だ」

珍しく氏家が強い調子で言った。

「確かに幼少期の家庭環境が犯罪行為を助長するという考えは存在する。経済的貧困と教育的貧困が犯罪者を生むという考え方だ。家庭内暴力と親の愛情不足、そして本人の感じる過度なストレス。いずれも九十九孝輔の成育環境にぴたりと当て嵌まる。犯罪社会学を専攻している者なら手を叩いて喜びそうなサンプルだろう」

「俺もそう思う」

「だが、それは統計の取り方に若干の問題がある。犯罪を犯した者を母数としてサンプルを取っているが、経済的貧困や教育的貧困に喘ぎ、家庭内暴力や愛情不足に悩まされても真っ当に育った人間は大勢いる。まともに育っているからサンプルに選ばれていない。こういう統計の取り方をすれば当然、劣悪な家庭環境に育った子どもが長じて犯罪者になる確率は高くなる。数字のマジックだ」

「しかし九十九は典型的な例だと言えないか」

「ゲーム業界の異才と呼ばれた男なんだろ。だったら異才ゆえの所業と考えた方がまだしも健全だ。考えてもみろ。古今東西、天才や異才と呼ばれた人間の周囲には不幸がごろごろ転がっている」

不思議に氏家の話は耳に馴染む。

「礼香さんも同様だ。彼女が今回の一連の悲劇を自分の責任だと感じているのなら、今すぐ草薙邸に駆けつけて全力で否定しろ。彼女には何の落ち度もない。会社での地位も将来性も鑑みた上で、彼女は自分の相手を自分の尺度で選んだ。責められるべきはあくまで九十九だ。彼女じゃない」

熱意の籠った言葉に救いを感じながら、一方で御笠は苦笑を禁じ得ない。

「何がおかしい」

「栗尾美月のことを憶えているか」

「……忘れたことはない」

「あの時、学年主任の前でお前、こう言ったよな。『直接手を下さなかっただけで、栗尾を殺したのは彼女らであり、それを見過ごしていたのは僕たちであり、隠そうとしていたのは先生たちです。これから先、どんな一生になるかは分かりませんが、栗尾はその一生も断たれてしまいました。今後、加害生徒たちも僕たちも先生たちも栗尾の呪縛からは逃げられない。彼女のことを思い出す度に胸に痛みを覚えて吐きたくなるような気持ちになり、自分は罪深い人間なんだと知らされる』。隔世の感があるな。今、吐いた台詞と逆じゃないのか」

「年を取れば考え方も変わる。それにしても、よくそんな長い台詞を憶えているものだ」

「生涯で一番カッコイイ言葉だと思ったからな」

「やめろ、バカ」

だが御笠は内心、氏家の言葉にブレはないと考えている。この男は己で責任を取りたがる一方、他人に不必要な責任を負わせたくないのだ。

「何だか九十九とお前の話を聞いていたら腹一杯になった」

「そうか、残念だな。これから飯を食う予定だったんだが」

「因みに何を食う予定だった」

「血の滴るような牛肉一ポンド（453・6グラム）をステーキで」

「付き合う。そっちは別腹なんだ」

初出　「小説推理」'22年3月号〜'22年12月号

本書はフィクションです。

中山七里●なかやま・しちり

1961年岐阜県生まれ。2009年『さよならドビュッシー』で第8回「このミステリーがすごい！」大賞を受賞しデビュー。音楽から社会問題、法医学まで幅広いジャンルのミステリーを手がけ、多くの読者の支持を得ている。『翼がなくても』『護られなかった者たちへ』『テロリストの家』『鑑定人 氏家京太郎』『連続殺人鬼カエル男 完結編』『ヒポクラテスの困惑』など著書多数。

氏家《うじいえ》京《きよう》太郎《たろう》、奔《はし》る

2025年3月22日　第1刷発行
2025年4月 7日　第2刷発行

著　者――中山七里

発行者――箕浦克史

発行所――株式会社双葉社
東京都新宿区東五軒町3-28　郵便番号162-8540
電話03(5261)4818〔営業部〕
03(5261)4831〔編集部〕
http://www.futabasha.co.jp/
（双葉社の書籍・コミック・ムックが買えます）

DTP製版―株式会社ビーワークス

印刷所　株式会社DNP出版プロダクツ

製本所――株式会社若林製本工場

カバー印刷――株式会社大熊整美堂

落丁・乱丁の場合は送料双葉社負担でお取り替えいたします。
「製作部」あてにお送りください。
ただし、古書店で購入したものについてはお取り替えできません。
電話03(5261)4822〔製作部〕

定価はカバーに表示してあります。

ISBN978-4-575-24805-0 C0093